東京角落美食

屬於今天的滋味

成田名璃子 著
黃詩婷 譯

東京すみっこごはん

CONTENTS

共用廚房

角落美食

由外行人烹調，有時可能不怎麼好吃。

角落美食規則

此處是在大家集合後，抽籤選擇某個人親自下廚，然後一起享用餐點的地方。

一　會員制，每個月續會。

二　月初時收取會費，並於參加日收取材料費。
第一次參加者僅需支付材料費做為試用。

三　簽到至五點半為止。三人以上、六人以下開飯。

四　抽到籤的人是當天的烹調值日生。

五　值日生請從食譜當中選擇喜愛的菜色來烹調。且烹調時請盡量依照食譜指示。務必加入蔬菜。

六　烹調值日生盡可能不要連續由同一人負責。

七　享用前後務必說聲「我開動了」、「謝謝招待」。

八　就算完成的餐點不好吃，也請不要抱怨、務必好好吃完。

九　吃完以後請自己清洗餐具。

十　店內深處那張椅子是永久預約席，除非數量不足，否則請不要動那張椅子。

釋放好滋味的女孩

東京すみっこごはん

放學回到家打開大門，看了眼鞋櫃上那小小的時鐘，才剛過五點而已。越接近夏季，白天也越來越長，傍晚還要好一段時間才會降臨。

「我回來啦。」

站在老舊而嘎吱作響的走廊上往客廳探頭，外公不在裡面。

他又窩在工作室了嗎？

穿過客廳把耳朵靠在通往工作室的那扇門板上，但另一頭似乎也沒有任何動靜。

往走廊另一頭的佛堂移動，我在牌位前雙手合十。

「媽，我回來了。」

牌位當然沒有任何回應。

不管我生氣或哭泣，照片中的母親永遠都是那樣安穩地微笑著，有時候我也不禁覺得惱怒。她的容貌跟我相去甚遠，對我來說幾乎就是陌生人。

回到我自己在二樓的房間，把窗戶完全打開。初夏的風放肆地帶著鄰居的線香以及早早開動的晚餐氣味流進我的房間。

我在這個擠滿玲瓏房屋的小鎮裡，由外公拉拔長大。

聽說我還在母親肚子裡的時候，爸媽就已經離婚了。母親雖然獨力養育我，但她卻在我會認人前就病逝了。母親的父親，也就是外公，雖然也是喪偶獨居已久，卻還是把我接回家。這些事情是一個叫做三笠的多管閒事鄰居大嬸告訴我的。

最近我總覺得非常疲憊，就連換個家居服都覺得懶。穿著制服外套就直接倒在床上，手機簡直就像是在等待這一刻般猛然叮咚了一聲。這讓我渾身僵硬。

「明天放學後要不要去２４６？」

班級群組出現真理亞的訊息。２４６是學校附近一間咖啡廳，我們高中的女孩子經常聚集在那裡。

「好啊好啊。」

「我也要去～」

「我不去社團了。」

群組裡的訊息一條又一條飛快更新，我緩慢推動著指尖回覆訊息。

「我也想去呢。」

真理亞馬上又回了大家的訊息。

「好啊，是美也、紗季和明日香會來對吧。」

我不叫美也、紗季或者明日香，我是楓。明明回了訊息，卻刻意被忽視。無論寫了多少、寫了什麼，我的留言似乎就是不會被大家看見。大家只會滑過我的訊息。

話雖如此，若是我完全沒留言，就會被群起攻擊。

「居然無視別人的留言，太過分了吧。」

「楓妳怎麼可以這樣啊。」

「這樣很糟糕耶。」

看著大家一條條的留言，心口不斷被用力擰住。

如果那天晚上我沒有不小心睡著，或許就不用面對這種未來了。

那時祭典將近，有天因為幫忙鎮上自助會到很晚，實在是太累，所以不像今天這樣馬上看大家的留言和回覆，不知何時就睡著了。過了好一會兒猛然醒來，才發現只有我沒回真理亞的留言。

「楓不在嗎？真的不在嗎？」

「不讀不回太過分了吧？」

「啊不在呢。各位，楓不在群組裡唷～」

真理亞的留言沒有使用顏文字或者貼圖，這表示她在生氣。

「抱歉，我睡著了。」

我連忙回覆訊息已經是一小時之後的事情。就因為這一小時，我從班上被抹消了。無論如何道歉、如何向大家搭話，之後再也沒有人回我訊息。

而且不只有在手機裡是這樣，就連在教室裡也是，雖然我確實穿著學校制服、坐在一Ａ的座位上，但是大家似乎都沒有看見我。

除了不算是對話的事務性內容以外，沒有人要跟我說話，甚至不看我。

大家的笑聲都非常遙遠，而教室的椅子也相當不舒服。

在大家長期無視之下，我開始對於自己是否真實存在變得沒什麼自信。有時候我認真覺得，或許我早已是腐朽之軀，在很久以前就已經化為煙塵了。

關掉手機畫面換上連帽外套，再次趴回床上，不知何時又睡著了。聽見敲門聲才醒過來，心口壓著一片大石的感覺說明自己恢復了意識。

「小楓，妳回來啦？」

我大聲回覆那隔著門板的關懷。

「回來啦！」

從床上爬起來打開房門，眼前是外公。他最近很少上二樓的呀。

「怎麼了？」

「妳呀——」

「什麼？」

外公的表情比平常還要嚴肅，他原先就不是什麼面貌柔和的人了，說話也稍嫌粗俗，讓人覺得很不親切。

「我說妳啊，在學校過得如何？」

真奇怪，外公忽然像個久未見面的親戚伯父問我這種問題。

「學校……很普通啊。」

這當然是謊言。

「午餐怎麼樣？」

「也很普通啊……」

怎麼突然問這些？明明最近已經很少跟我講這麼久的話了。

見我沒多作回答，外公低沉地再次問道。

「聽說妳都獨食？」

這句話讓我瞬間腦中一片混亂。外公怎麼可能知道「獨食」這種流行語啊！他是位家具工匠，就算對於木材可以如數家珍，也是活在距離這個世界所謂的流行最遙遠的地方。

肯定是有誰告訴他的，而且我馬上就想到有可能是誰。

「啊原來如此，該不會是純也說了什麼？哎呀他太誇張了啦。我只是剛好最近只想自己一個人吃飯啊。你知道我們這個年紀，很多人都超愛講話吵死了。」

隨口說出的話語是那樣輕巧，比一張面紙還要薄弱。

「所以說妳沒有被霸凌囉？」

外公的眼睛明顯透露著狐疑，但我不想讓他更加操心。

畢竟那樣更加感覺我就是個多餘的孩子。

我盡可能張大嘴笑著說話：

「不會吧，純也居然那樣說嗎？真的是他誤會了啦。我等下還跟朋友有約呢。啊因為會比較晚回家，不用準備我的晚餐喔。」

我甚至就這樣順勢脫口說出根本不存在的約定。

「這種時間了跟人約什麼？」

「啊，就是……那個，準備園遊會啊。不就快到了嗎？」

園遊會是真的，只是無論我如何拜託，都沒有人要讓我幫忙。這種情況比確切攻擊我還要讓人來得難過。

「反正我要出門囉。」

「……這樣啊。」

外公遲疑了好一會兒才終於下樓，留下一片沉重死寂的空氣。

外公是從何時開始，總把自己想說的話吞下、像現在這樣默默離去的呢？他原先明明再怎麼不擅長說話，也會把想說的事情說出口啊。

瞄了一眼梳妝臺上的鏡子，那張與母親和外公都不相像的臉龐正以陰沉的眼睛看向自己。原本想打開書桌最上面那個抽屜，想想又算了。

——住手吧，這樣只會更討厭自己。

春天同學開始無視我的存在前，我就覺得自己的輪廓開始變得模糊、有消失的跡象。我懷疑自己是根本不應該存在這個家裡的人，這件事情始終如鯁在喉。

自從我發現那張桌子裡的東西……

總之既然我說謊跟人有約，那就一定得出門才行。

正當我打算把錢包放進連帽外套然後出門，床上的手機再次叮咚了一聲。無可奈何把手機也拿起來放進口袋。

下了樓看見外公站在毛玻璃門後的廚房裡，深呼吸一口氣，我盡可能用開朗的聲音說話。

「我出門囉！」

沒有等外公回答，我就逃也似的出了家門。

走了幾分鐘就渾身是汗，強風掃過的同時，身旁籠罩著一股由東京灣傳來的腐泥臭味。抬頭看見因為傍晚而轉亮的大樓光線，照亮那厚重下沉的雲層。

好死不死居然被外公知道我一個人吃飯。

「絕對饒不了純也那傢伙。」

不知該往何處發洩，只能小聲詛咒著。

純也是住在附近一起長大的傢伙，他從小就很黏我外公，一直叫他爺爺、爺爺，還一天到晚跑到我家工作室裡面。原本以為上了高中就能斬斷這孽緣，沒想到高中還是同一所學校。而且他那多管閒事的個性最近又更上層樓了。

我繃著臉地走著走著，竟然已經來到隔壁站附近。

雖然已經過了晚上六點，從我家到這一帶，這長長一條商店街仍然因為下班回家順便買東西的客人往來而相當熱鬧。

隨意望向蔬果店，看見一對正在挑選番茄的母女。大概是從幼稚園回家吧？不小心與那戴著黃色帽子的孩子對上了視線，我連忙撇過頭。

倒不是說我事到如今羨慕起有母親的孩子，真的不是，我只是想起自己以前常和外公在商店街買東西。

以前我和外公的感情挺好的。他會蹲下來笑著說真拿妳沒辦法，然後帶我走到商店街外有些距離的公園，在楓樹前把我扛到肩膀上。

「這棵樹跟小楓妳的名字一樣喔。」

忘了是哪時他還曾答應要做一把楓木的椅子給我——

忽然覺得那些可以毫不遲疑踏上回家路途的人實在令人感到煩悶，所以我往橫向的小路轉進去。那狹窄巷子左右兩邊都是民宅，屋簷下小小的空間

排列著盆栽花朵和植物。道路遠遠的那一頭聳立著都市更新後建造的高樓大廈與辦公室大樓。

聞到飄進小路的晚餐香氣，肚子忍不住咕嚕了一聲。平常這時候我應該正在享用外公做的晚餐。他一個大男人做飯，多半也只是蕎麥麵或者一些炒的簡單東西，如果訂製家具的訂單很多忙不過來，也有可能是叫外送或者出去吃，但絕對每天中規中矩、時間到了就要吃飯，這是有著職人個性的外公相當頑固的堅持。

有時候我也會下廚，但外公總是不太高興。

「餓了。」

搖搖晃晃往巷子深處，幾乎像是被磁鐵吸著往前進。雖然我很常到這條商店街的大馬路，不知為何卻是第一次走進這條狹窄的橫巷。這裡給人一種懷舊的感覺，是不是因為一整排屋子都是老舊的木造房屋呢？一邊前進一邊左右張望著，不知為何眼前有棟房子特別吸引我的目光。

那裡擺出了一個看板。

「角落美食？」

乍看之下是間普通的民房，不過這樣看起來可能是賣簡餐之類的地方。不知怎麼的，店名感覺很彆扭。我再次仔細瞧那看板。

「共用廚房　角落美食　※由外行人烹調，有時可能不怎麼好吃。」

這是怎樣啊。有時候不好吃？店家還會這樣寫喔？

淡淡的油香從門板後飄出來，忍不住動動鼻子多聞了一下。喀噠喀噠聲響起，眼前的拉門忽然被打開。

莫非是這裡的店員？一個膚色白皙到很奇妙的大叔從裡面走出來，正好與我四目相望。

「哎呀，是想參加的人嗎？今天已經截止報名了呢……啊不過妳等等，說不定還有辦法調整。」

大叔自顧自說著什麼應該沒問題，又回頭跟屋裡的人確認著什麼事情。

「咦?!不是，我沒有要——」

我連忙打算阻止他，但是大叔已經又轉向我微笑著。

「太好啦，似乎沒問題。妳餓了吧？快進來。」

雖然他臉上帶著微笑，卻讓人覺得有些詭異。

怎麼辦？總之我得先開口拒絕才行。

「可是我沒帶什麼錢。」

「哎呀應該沒問題。第一次參加的人，只需要繳交材料費三百。」

「——材料費？」

「哎呀。」大叔一臉意外。「原來如此，真抱歉。小姐並不清楚規則啊。那麼我們進去再說明吧。如果妳覺得不喜歡今天的菜單，也可以直接離開沒關係的。」

「可是……」

大叔似乎無論如何都想把我拉進去。

我遲疑著不敢動彈的同時，肚子卻不爭氣地大叫了起來，害我下意識地按住肚子。

「今天負責做菜的是一流的廚師喔。哎呀，可以吃到入口即化、超棒的奶油可樂餅呢。」

大叔再次對我微笑。

店裡飄出了更明確是在炸東西的香氣，強烈刺激著我的胃部。

「可是……」

我應該要嚴正拒絕的，語氣卻比剛才還要微弱。

「好啦進來吧。」

就在我舉棋不定的時候，那香噴噴的氣息再次迎面而來。

——應該，在離商店街這麼近的地方，應該不會遇到什麼危險吧？

我緊閉雙唇硬是在心裡拿藉口說服自己，一咬牙往店裡跨出一步。

正當我心想肚子怎麼越叫越大聲而有些慌張，有個全身圓滾滾的伯母連忙走了過來，她的氣勢讓我不禁稍微挺直背脊。

「歡迎啊，妳的運氣真好呢。今天的值日生是金子先生唷，他可是專業廚師，他做的可樂餅真的非常好吃喔。」

「呃，那個……」

「田上太太，這位小姐還不曉得角落美食是怎麼運作的呢。」

聽大叔這麼說，伯母才哎呀了一聲睜大眼睛。

屋子裡並沒有很寬敞，大概就是兩個我家那小客廳大吧。氣氛感覺相當復古，跟外面那條路一樣給人一種懷舊的感覺。

房間中央有個相當沉穩的長方形大桌，另外不知為何有把老舊的椅子孤零零靠在後面牆壁旁。

看起來應該都是手工家具？

外公的作品也給人這種感覺，職人製作的家具就是有一種獨特的溫暖，彷彿下一秒就會跟人說話那種感覺，所以一眼就能看出來。

進來之後的右手邊有個傷痕累累的木製吧檯，後面好像就是廚房。有個男人背對這邊默默地在炸東西，他相當俐落地挪動著筷子，把沾了麵衣的材料放進鍋裡。鍋子嘩的一聲氣勢十足地發出油炸聲響，那刺激著食欲的香氣更加猛烈了。

那個人就是伯母說的金子先生吧？不過既然他站在店家廚房裡，當然是專業的廚師吧？

伯母一臉興致盎然站在我面前。

妳幾歲啦？住這附近？高中生？不對，是不是國中生？

雖然她沒有開口，但扭扭捏捏感覺得出來似乎很想問我這些問題。

「妳可以坐下，我先跟妳說明這裡的機制。」

那個把我拉進店裡的大叔端了一杯冰茶給我。

「喔……」

在大叔帶的位置坐下後，他把一張白紙放在桌上。

「妳是第一次來這裡吧？可以先看一下這張，上面有說明。啊不好意思，要怎麼稱呼妳？」

為什麼還得要自報姓名啊？

我再次拿出戒心，隨口就說了個假名。

「我叫加奈。」

——加奈是誰啦?!

「這樣啊，加奈，請多多指教囉。我是丸山，丸子跟山脈的丸山。那邊正在把馬鈴薯沙拉分裝到盤子裡的是田上太太，田地上面的田上。」

忽然自我介紹要幹嘛啊，這裡都是我不認識的人，隨便搭關係也很恐怖。這裡不只是有點詭異的店家了，搞不好根本就是新興宗教團體之類的。還是回家吧，我想還是趕快離開比較好。

正當我打算對著那個叫做丸山的大叔說我要走了的同時，櫃檯另一頭傳

來低沉卻響亮的聲音。

金子先生說：「好啦！大家的奶油可樂餅做好了！」

我微弱的音量就這樣被抹消，丸山先生則一臉「什麼？」凝視著我。

「呃，就是，那個……」

金子先生忽然轉身面對我。

「加奈啊，我是金子，黃金的孩子的那個金子，請多多指教！」

「呃，那個，請多多指教。」

金子先生氣魄十足向我問候，我下意識地就回答了。

「哎呀呀，不用那麼緊張啦。兩位麻煩了，今天上菜的時候麻煩把我跟加奈都算進來。」

「好的好的，交給我。」

田上太太將圓滾滾的身體稍微轉向這裡，嘴角上揚笑著。我不知該如何是好，連忙別過眼睛。

丸山先生在我旁邊坐了下來，馬上開始說明。

「首先我想妳應該有看到，這裡其實並不是店家。妳有看到剛才放在外面的看板了吧？」

「呃，對，我看到了。說是共用廚房……」

丸山先生緩緩點個頭。

「沒錯，這裡是讓大家共用的廚房，不過基本上進廚房的只有一個人。就是當天聚集的成員一起抽籤，決定當天做菜的值日生。」

「共用廚房的……值日生嗎？」

丸山先生剛才放在桌上的白紙上的確也寫著類似的東西，看來這張紙是這個地方的簡介還有規則的樣子。

「沒有錯，這個地方是讓來這裡的人輪流負責做晚餐，然後大家一起吃。月初，確定這個月會來的成員一開始會先付個一千，這些錢是用在米跟調味料等等地方。每天的材料費另外收，大概一個人拿個三百出來。」

「……所以是有點像烹飪教室那樣嗎？」

丸山先生歪了歪頭，似乎是在思考應該要怎麼說明比較好。正在俐落將高麗菜絲裝盤的田上太太苦笑著否定。

「不是不是，才不是教室那麼了不起的地方呢。而且也沒有特別安排老

師之類的啊。哎呀妳看像我這種人呢，畢竟是個家庭主婦，有時候就是會想吃吃別人做的東西啊，這種時候我就會晃到這裡。」

「但是田上太太還滿常抽到烹飪值日生的呢。」

金子先生馬上插嘴。

「哎呀真的世事不如人意呢。」

那張好人臉雖然皺起了眉頭，但看起來並不是真的不高興。

金子先生把白飯和味噌湯放在我眼前，他的一舉一動都相當俐落，看得出來就連拿個盤子的手勢都非常用心。這個人的確也可以稱之為職人。

味噌湯和我家一樣用的是白味噌，剛煮好的白飯在燈光下閃爍著光芒，嘴巴的口水都要流出來了。

聽他們的說明感覺應該不是什麼奇怪的宗教團體，而且這裡沒有跟我同年齡層的人，其實也讓我內心鬆了口氣。

味噌湯的香氣和那裊裊飄上來的蒸氣直直竄入鼻腔深處。

「就別說我了，在餐廳就掌廚，連休假日都得幫別人做飯啦。哎呀不過家庭料理也挺有趣的，而且人呢有時候就是會想吃點別人做得不怎麼樣的飯菜，而不是那種精緻美食對吧，真的是很奇妙。」

金子先生說這話的同時端來的盤子，是剛才田上太太分裝的爽脆高麗菜絲搭配用料實在的馬鈴薯沙拉，還有兩個炸得金黃酥脆的橢圓型奶油可樂餅，怎麼看都像是在對我說請開動吧。

「好啦，今天就拜託妳吃吧，都已經做好了呢。」

丸山先生一邊說著一邊還幫我倒茶。

跟今天初次見面的三個大人一起吃晚飯，真的沒問題嗎？我的腦袋一隅雖然還有個拚命警告自己的聲音，但眼前的奶油可樂餅魅力實在太強大了。那剛起鍋的麵衣冒著閃出七彩光芒的小泡泡，怎麼看怎麼酥脆，絕對是在引誘我。更何況我的肚子已經餓到要是再不吃東西大概就要胃痛的程度，我用力吞口水的聲音搞不好旁邊的人都聽見了，只好輕咳一聲帶過。

還是吃吧，反正吃了再來想。

「馬鈴薯沙拉是田上太太帶來的，另外放在桌子中間那盤清淡醃菜是昨天來的人放在這裡的東西。」

「好啦快趁熱吃吧，餐廳一流廚師炸的奶油可樂餅可不是那麼容易享用

到的呢。」

「一流的人才不會說自己是一流呢。」

丸山先生用穩重卻又意外辛辣的聲音評論著。

不知何時大家都已經坐下。

「總之，我開動啦。」

金子先生在座位上雙手合十，我也跟著這麼做，心裡想著終於可以吃啦。

就在那時，大門喀噠喀噠猛然被拉開。

「抱歉、抱歉，我有點晚啦，現在還來得及加入嗎？」

一個鬍子也不剃、髮色黑白交錯的阿伯外八跨步走了進來，隨著他往這裡靠近，一股強烈的菸味衝進鼻腔。原先令人心曠神怡的味噌香氣就這樣被汙染了。

「今天已經截止啦，誰叫你不早點聯絡。」

丸山先生的聲音冷冷淡淡、毫不留情。

「真拿你沒辦法耶，老是遲到。你也知道截止時間是五點半吧？」

田上太太也想趕阿伯走。

——啊啊我的奶油可樂餅啊。

「怎麼，沒見過這小不點啊。」

我低著頭忍耐空腹，阿伯卻猛然把臉湊近我，香菸氣味更加強烈，我嚇得停止呼吸。

阿伯或許是看我都不回答而有點驚訝吧，忽然瞇起眼睛看我，渾身僵硬地瞪著我看。

「那個……」

我正開口，他馬上用力皺起臉來。

「嘖，最近的高中生連個招呼都不會打嗎。」

「喂！澀柿！你夠了沒！再繼續鬧下去，就要直接把你踢出去囉。」

就算是人高馬大的金子先生站了起來，那位阿伯還是毫不畏懼地使性子。

「搞什麼啊真小氣，與其讓新人吃還不如給有付月費的我啊！」

「是你自己晚到的問題吧。反正又是賭馬賭到忘了時間吧。」

「哼，你們可別像之前奈央那樣一個不小心忘了鎖門喔。」

阿伯瞪著大家。

「吵死了，你又不是管理人，我們幹嘛要聽你講這種話。」

金子先生回嘴，阿伯最後只能喃喃有詞邊抱怨邊跟進來的時候一樣大跨步走了出去。

門關上以後，餐桌邊是一片尷尬。

「對不起，嚇到妳了吧？」

田上太太一臉擔心地看著我。

「呃，沒有，我……」

「別在意，那傢伙叫澀柿，拿錢賭賽馬跟惹怒別人就是他人生的樂趣。」

不知該說什麼好，我只能保持沉默，結果丸山先生反而輕鬆愉快地開口。

「好啦，那我們開動吧。」

這次大家一起雙手合十，終於開始吃晚餐。

——外公現在自己在吃什麼呢？

這件事情一瞬間閃過腦袋，又硬是被我壓了下去。

重新振作，用筷子夾起了可樂餅。咬下酥脆麵衣一角含在嘴裡，那被包裹在麵衣裡的甘甜白醬隨著濃郁的麵衣在嘴裡化了開來。

——超好吃！

我呼呼地把嘴裡的熱氣吹出去，好細細品嘗這個口味。

這麼柔軟的奶油醬，要怎麼包上麵衣去油炸呢？是不是放了鴻喜菇？隱藏在這香甜味道後頭的東西，讓白醬的風味更上層樓。

我就這樣埋頭把白到發亮的飯也塞進嘴裡，那米飯略帶彈性口感的甘甜滋味與奶油可樂餅在口中融合，讓我忍不住閉上眼睛細細咀嚼。

我想這不是單純因為我肚子餓了。金子先生那樣語氣肯定地說自己是一流的廚師，他的奶油可樂餅的確比我吃過的任何一個奶油可樂餅都要來得美味。就連這白飯也是，明明不是新米的季節，應該是在煮的時候特別下了工夫，才能有彈性口感。而最讓我驚訝的其實是味噌湯。含在嘴裡就強烈感受到那種我家味噌湯裡沒有的某種東西的存在，從鼻腔直達腦門。

「如何？應該都很好吃吧？」

金子先生從桌子對面的座位問著。我放下碗連點兩次頭，他便相當滿意地瞇起了眼睛。

「這個味噌湯要怎麼做啊？」

「怎麼做……就照這裡的食譜啊。」
「可是這跟我在家裡做的完全不一樣——」
金子先生聽了恍然大悟的樣子，抬頭挺胸回道。
「我想大概是高湯的差異吧。」
「高湯嗎？是那種顆粒狀的東西？」
聽我這麼問，金子先生誇張地往我這裡探身。雖然他身材高壯又看起來不是多麼親切，不過似乎其實是個有些孩子氣的人。
「不是、不是，那才不是高湯，只是高湯粉而已。我說的是用昆布和柴魚做的真正的高湯啦。」
「呃，這麼說來家政課實習的時候好像有用過……」
「怎麼那麼沒信心啊？沒錯，就是那種東西啦。哎呀不過現在還有學校會教學生用高湯做菜嗎，倒也是挺用心了嘛。」
原來如此，是用了昆布還有柴魚之類的東西做真正的高湯啊。我想家裡的味噌湯肯定只是撒了些濃縮高湯粉，所以根本做不出這種纖細的口味。
不只有味噌湯令人驚豔，那料好實在的馬鈴薯沙拉、高麗菜絲還有味道質樸的醬菜，口味全部都非常細緻。

而花費了愛情與時間精力做出來的奶油可樂餅實在是好到不能再好，用真正的高湯做出來的味噌湯也有著廚師堅持的好味道。它們冒著蒸氣，對於自己在這裡毫無任何疑問。我一邊看著桌上這些晚餐菜色，多少覺得它們強烈的存在感有些令人羨慕，這樣的我大概有點奇怪吧。

大家都吃完飯以後，丸山先生端了焙茶過來。

「哎呀，加奈是高中生啊？女孩子真好，我家兒子高中的時候啊，不管問他什麼都只會回『喔』還是『嗯』。有夠無聊的，要是女孩子我就能跟她一起做很多事情了呢。」

田上太太快言快語說著。但畢竟我不曾和母親一起做過什麼事情，也不知道該如何回答。不過我想田上太太應該也沒有特別希望我回答吧，她自顧自說完以後，喝了口茶嘆起氣來。

「青春時代真好啊。我高中的時候腦子裡只想著要成為廚師呢。原先覺得當法國料理或者義大利料理的主廚應該比較受女孩子歡迎吧？結果肯雇用我的只有日式餐廳呢。」

聽金子先生哈哈哈地笑著說明，我也忍不住笑了出來。

「哎呀，終於笑啦。」

「哎呀呀，笑起來更可愛了呢。」

好久沒有被這麼多人看著，我真不知道該如何是好。沒有人裝作看不見我、也沒有人故意跟我拉開距離，我已經好久沒有這種「我的確就在這裡」的感覺了。

「今天的飯也很好吃呢。」

聽丸山先生這麼說，金子先生一臉得意地回答。

「哎呀，畢竟是我做的飯啊。」

「那麼加奈，妳對這邊的餐點還滿意嗎？」

「啊，是的，真的非常好吃。」

我對於丸山先生的問題點了好幾次頭做為回答。

而且我真的是鬆了一口氣。

本來想把這件事情也說出口，但想想感覺好像太誇張了還是作罷。

丸山先生微笑著說：

「這裡會有不同性別還有各種年齡層的人進來，有人很會做飯也有人不太行，甚至可能是沒有烹飪經驗的人抽到當值日生。如果覺得這樣也好的話，可以再過來喔。」

這平穩的語氣不知為何讓我覺得有點想哭，連忙低下頭去。

「好啦，我明天一大早就要準備廚房的東西呢。」

「我也要打工，得早點回去休息才行。」

大家紛紛起身，輪流去洗自己的餐具。這麼說來規則裡面好像有一條是說自己用的餐具要自己洗。

我在家裡的時候因為外公很不喜歡我去洗東西，所以已經很久沒碰了。最後擦完桌子，大家都走出店門。丸山先生巡了一下建築物周圍以後拿出鑰匙把門鎖上。大家就直接解散，揮揮手告別。

現在連朋友都不會說什麼掰掰了，我卻跟今天第一次見面的大人們道別，感覺好奇妙。

說起來大家都是些什麼人呢？金子先生是日本餐廳的廚師、田上太太是家庭主婦、丸山先生只知道是在公所上班的公務員，年齡也都是用推測的。

一邊往家門方向走，這才發現說起來除了名字以外，完全沒有人問我任何我不想說的事情。

我吃的量明明跟平常差不多，但卻覺得比往常來得飽足。自己的存在重量似乎也跟著胃袋重量一起增加了一點點，覺得心口暖洋洋的。

原先想著還要一段時間才是真正的夏季，不過這真是個炎熱的中午。因為熱量而膨脹的空氣用力朝我身上擠過來。

因為被外公知道我自己吃飯的事情，我只好把青梅竹馬純也叫到這個令人萬分不愉快的藤架下。

這裡就是我獨自吃飯的地方，畢竟也沒有人會看到，正好可以講悄悄話。

等待純也的時候，我愣愣回想著昨天的事情。

從角落美食回家以後，外公正在客廳看電視新聞。

矮桌上放了個只剩下湯汁的大碗，這樣看來他應該是吃烏龍麵吧。

「有好好吃晚餐嗎？」

「呃，嗯我有在朋友家吃飯。」

「這樣啊——那得好好謝謝人家。」

「咦？啊那個，朋友爸媽昨天就去旅行了，家裡沒人在。所以就是，不用特別去道謝啦。」

我一句話說得丟三落四，要是再被問下去，謊言肯定會被拆穿，所以我隨口說完就趕緊回自己房間，但外公搞不好已經起了疑心。

早上我在一如往常的時間起床，和外公靜靜吃著早餐。雖然他一直欲言又止，我還是故意裝作沒發現。

純也從社團教室大樓一旁往這裡走來。

「抱歉、抱歉，我被班導攔住了。」

他帶著一副毫無惡意的笑容走了過來，這是我從幼稚園開始就切不斷孽緣的對象。我們的感情已經超越了是好還是壞的地步，完全就是互為空氣般的存在，所以我才如此掉以輕心。沒想到他居然會把我的情況告訴外公。

「幹嘛啦一臉不高興。」

我撇開臉，純也則在我對面坐下。他那不知何時已經拉長的雙腿完全落在狹窄長椅外頭。

「你明知故問啊？明知道我幹嘛找你。」

「這個嘛，是什麼事情呢？我完全猜不到耶。」

他小時候非常嬌小又纖細，還長了張非常秀氣的臉蛋。就連個性以男孩子來說都太過溫柔、非常內向。如今的純也已經與那時完全不同，上了國中的同時他就開始抽高，成績也突飛猛進。後來青春痘也沒了，臉也變得有些精悍，似乎非常受到同年女孩與學弟們喜愛。

我瞄了一眼，他正用一種彷彿是待在冷氣相當舒適的房間裡面那種輕鬆表情喝著寶特瓶裝水。只有眼睫毛跟以前一樣，就像女孩子的睫毛般又鬈又長。

「這裡也太熱了吧？」

「是嗎？我畏寒。」

「妳怎麼這麼愛槓啊，這麼會說話的話，也跟別人說就好啦。」

純也的語氣聽來相當漫不經心，卻透出一股擔心的氣息，和周遭的熱氣一起朝我湧來。或許希望他別多管閒事的我，才是真正彆扭的人吧。

「我有說啊。我也是有感情比較好的人啊，只是剛好現在比較想要一個人而已。所以我說你——不要有奇怪的誤解，跟我外公說些奇怪的事情。」

純也沒有回答，只是直直盯著我看。總覺得那雙眼皮下的眼睛似乎會讀取更多資訊，麻煩死了。

「欸我說妳啊，從春天起就有點怪怪的了。是不是有發生什麼事情？我不是說學校。」

猛地像被抓住把柄，我悄悄吸了一口氣。

「沒有啊……沒有什麼事。」

「妳騙人。妳以為我都跟妳往來多少年了？欸，到底是什麼事？」

聽見他溫柔的聲音，看見他拚了命往自己這裡挺直的背脊，讓我幾乎要鬆口。

「就說沒事啊。」

我用力盯著地面上螞蟻走路的樣子，或許牠抱著的食物實在太大了，完全沒有在前進。我想牠根本就看不到前面吧。

「我說啊，妳到底是在害怕什麼？」

純也又往前踏了一步。我越來越覺得什麼都不想思考，只想從這裡逃出去。明明是我把他叫來的，結果卻是我被逼到死胡同。

我正後悔著，遠遠卻傳來一個撒嬌般的聲音。

「哎呀？是純也耶，你在那裡做什麼呀？」

——是真理亞。那總是割在我心上的聲音，在這一刻卻令人覺得感激不盡。

純也有些不耐煩地回頭：

「喔。那妳又在幹嘛？」

回答了真理亞以後，純也再次轉向我。

「——都好啦，妳努力跟班上的同學多溝通吧。嗯。」

那個站起來拍拍灰塵，朝真理亞走去的白襯衫背影，感覺是我不認識的人。

一瞬間我跟遠方的真理亞對上了視線。

她輕輕朝我揮了揮手，我也揮了揮手。

在純也面前，真理亞不會用平常的態度對待我。

看來兩人似乎是在交往。真理亞總是在班上群組大談純也的事情，大家也都是這麼說的，所以我想應該就是那樣吧。

要我跟純也聊什麼戀愛話題，總覺得非常害羞，所以我沒提過。更何況對方還是真理亞，心情上還是有些複雜……

搖搖晃晃站起身看了看手機，已經有好幾條訊息在裡面。

「楓又全部不看喔？感覺真的很差耶～」

「話說回來她都一個人在哪裡吃飯啊？」

「這麼熱還去外面嗎？」

「哎呀，該不會是在廁所吃吧？」

「唔哇，真糟！是不是該去找一下啊？」

在真理亞這句話之後大家就停止討論了。

她會出現在這裡，並不是來找純也，而是來嘲笑我一個人吃飯的嗎？

——這裡會有不同性別還有各種年齡層的人進來，有人很會做飯也有人不太行，甚至可能是沒有烹飪經驗的人抽到當值日生。如果覺得這樣也好的話，可以再過來喔。

昨天丸山先生的話語突然浮現在我腦海中。

我在那裡的時候，輪廓變得比較清晰。可以很自然地跟大家說話，更加明確知道自己身在此處。在那棟坦白說頗為骯髒的古老建築裡，我卻莫名覺得心情平穩。

今天晚上要不要也過去呢？

孤零零打開麵包的袋子，用力的瞬間，一滴汗水從太陽穴流過。

這份暑氣或許讓蟬兒也醒了過來，就那麼一隻也開始大聲叫了起來。

不早不晚黃昏時分五點半。雖然有點遲疑，不過我今天也站在角落美食前面。太陽剛要開始西下，天空還明亮到令人覺得有些煩躁。

畢竟這是我第一次連續兩天都不在家裡吃晚餐，所以還是戒備著外公可能會說些什麼。

「我今天也想在朋友家吃飯。」

說完以後，外公稍微沉默了一下。我覺得坐立難安，就又多說了句因為要準備園遊會的東西，但外公還是只短短回了句「這樣啊」就沒有第二句話。外公還是一臉許多話都往肚裡吞的表情，但我也只有短短嗯個一聲做為回應。

拿了錢包和手帕放進小小的包包，我就直直走來這裡了。總覺得我離家有多遠、和外公的距離就有多遠。我就像一個孤零零的點，與各種人都切割開來，每天自己四處移動生存。

輕輕拉開角落美食的木格子門，昨天見過的丸山先生和田上太太一樣在裡頭，還有個昨天沒來、像是ＯＬ的女性坐在桌邊看雜誌。

「哎呀，加奈，歡迎啊。」

丸山先生喊的是我昨天匆促下說的假名，我也只能僵硬地點頭。

「您好。」

「今天有多的小菜，可以多吃幾碗飯喔。有食量正大的孩子真讓人開心啊。」

田上太太快手快腳地移動到吧檯旁邊，從一個大布包裡拿出兩個相當大的保鮮盒。

「欸等等，她就是你們說的高中生嗎?!好可愛！」

女人一邊大叫著往我走了過來，她大概三十歲上下吧？燙鬈的蓬鬆頭髮在肩膀旁閃閃發光。

「我是奈央，那個偶像平島奈奈子的奈、中央的央，是在附近上班的ＯＬ。」

我從來沒有跟所謂ＯＬ之類的人講過話，有點不知道該如何是好。奈央小姐似乎不是很在意我愣著的樣子，反而靠我更近、用彷彿講悄悄話的音量對我說話。

「這裡是很奇怪的地方對吧？妳昨天第一次來的時候，是不是嚇到了？」

有股葡萄柚的清爽香氣搔動著鼻腔，是髮膠之類的嗎？

「……對啊。不過餐點真的很好吃。」

「沒錯，昨天是金子先生對吧。要是我沒加班的話一定會過來的啊。」

「差不多五點半囉，那就收錢然後抽籤吧。」

丸山先生向大家各收了三百元餐費，而我因為是第二次了，必須要繳月費一千元，所以總共付了一千三。這一千元會用來買米、調味料和烹飪器具等，剩下來的錢會繼續沿用到下一個月。這些錢等於是角落美食的財產，聽說是放在廚房抽屜裡面一個小金庫。

丸山先生拿著類似分菜用的長筷站在桌前的時候，傳來門被猛然打開的聲音。

「看來今天趕上啦。」

是昨天金子先生稱呼他澀柿的那個人。

「雖然趕上了，不過這樣你也是要抽籤的喔，柿本先生。」

丸山先生語氣淡然告知。這麼說來澀柿先生其實是叫做柿本。

「唔呃，澀柿居然來了。」

奈央小姐小聲抱怨著。

看起來今天是丸山先生、田上太太、奈央小姐跟我，還有柿本先生總共五個人。

「那麼就一個個抽籤吧。加奈啊，棒子一端有紅色的話就是負責做飯的人。那麼就從妳旁邊的奈央小姐開始吧。」

「好久沒來有點緊張耶，要是我負責做菜的話，肯定跟昨天金子先生的落差很大，那就抱歉囉。」

奈央小姐稍稍對我雙手合十比了個抱歉的動作，然後嘿咻一聲抽出了籤棒。那根棒子從上到下都是棕色的。

「太好啦！」

「接下來請加奈抽。」

「——好。」

後悔也來不及了，我渾身緊繃。我會做的不過就只有簡單的義大利麵、用料理醬包做的麻婆豆腐，還有高湯粉做出來的味噌湯而已。就連白飯也只是放著給它煮出來，完全沒有自信煮成像昨天金子先生做的那麼蓬鬆。

「那個，我真的只會做非常簡單的東西……」

「沒問題、沒問題，角落美食的食譜都不難喔。而且妳覺得不安的話，我會陪妳一起做的。」

田上太太那彷彿剛烤好的牛奶麵包一般圓潤的臉頰，笑起來更圓了。

「沒錯沒錯、沒問題啦。就連我做的飯肯定難吃得要命，大家也是半句沒抱怨地吞下去啊，除了某人以外啦。」

奈央小姐略帶深意地看向柿本先生。

「搞啥啊，要來這裡的話至少應該能做一兩道菜吧，居然都不會嗎？」

柿本先生皺起那鬍子亂長的臉抱怨著。

「你不要因為自己做的好吃就那麼張狂耶。」

奈央小姐躲在丸山先生的背後抗議，柿本先生則露出討人厭的笑容。

「哎唷好恐怖，妳是月經來嗎？」

奈央小姐氣到眼睛都要噴火了。

「你們兩個夠了沒？好啦加奈，沒問題的，妳不用太擔心，就抽籤吧。」

丸山先生把棒子遞了過來。我完全忘記有可能自己抽到值日生這件事情，居然就這樣悠悠哉哉跑來了，只能怪自己。

惶恐伸出手，從剩下的四支棒子裡面選了一支抽起來。就在那瞬間，總覺得胃附近有股不舒服的刺痛感。該不會——

「好，那麼今天就是加奈當值日生囉。」

不好的預感完全中獎，丸山先生無情地微笑著。

「我想烤魚之類的應該不錯，妳覺得呢？」

我在昨天金子先生站的那個廚房裡翻著食譜，田上太太在一旁推薦。看我實在相當手足無措，所以從選菜單起她就來陪我了。感覺還要人手把手帶實在是相當抱歉，但畢竟我沒有這樣跟別人一起做過菜，總覺得有種心動又新鮮的感覺。

「好。烤魚我想我大概能做出來吧。」

點頭的同時，桌子那邊正在喝茶的柿本先生卻突然丟來抱怨。

「欸欸，我昨天也吃了烤魚耶，饒了我吧。」

「呃，那這樣的話，我看看別的……」

田上太太卻跟我說，沒關係的。

「柿本先生，您先前不是還說漏了嘴說醫生要你少吃點肉、多吃點魚嗎？今天就吃魚。」

「老太婆幹嘛多管閒事記得那種事。」

柿本先生一臉不耐煩，把視線轉回體育報上。

「我是老太婆的話，柿本先生您就是老爺爺啦。好啦，味噌湯的料就到超市看看再決定吧。」

田上太太說著便快手快腳打開櫃子，拿出大概兩個巴掌大的昆布。接著又快速剪開兩邊，我實在跟不上她的動作，只能畏畏縮縮呆站在一邊。

「加奈啊，可以幫我在鍋子裡裝水嗎？大概五碗水就可以了，我想在出去前先準備味噌湯的高湯。」

奈央小姐告訴我鍋子和餐具都擺在哪裡，我就照田上太太說的，小心翼翼裝了五碗水放進鍋子裡。

「謝謝妳。這個是用來取高湯的昆布，要泡在水裡三十分鐘左右。」

「我知道了。」

我點點頭。田上太太的表情很快又變了，剛才還像是個非常和善的鄰居伯母，現在卻有如盯著獵物的肉食動物。

「好，現在剛過五點四十分，六點的時候要買完東西回來。丸山先生、奈央，不好意思可以先幫忙煮白飯嗎？」

「交給我們吧。加奈，加油囉。」

——加油？不是去買個材料回來而已嗎？

總覺得這讓人聽來有些不安，不過一出角落美食，我們就先朝商店街上的那間叫鰓屋的魚店去。

「歡迎光臨！」

平頭大叔吆喝的音量大到讓我縮起身子。看了看店裡的樣子，我隱隱約約能夠理解為什麼他們要跟我說加油了。不知道是不是因為這間店很小，還是店家真的很受歡迎，裡面擠到幾乎就像是沙丁魚罐頭。

這麼說來我現在才發現，自己根本沒有在超市鮮魚區以外的地方買過魚。而且我會買的都是那種已經切好裝盤的生魚片，或者是人家已經烹調好的烤魚。

「加奈妳有比較喜歡什麼魚嗎？」

「啊，我沒有特別……」

我的聲音就這樣被店內的喧囂蓋過去，只能搖搖頭。光是有這麼多連頭帶尾的魚在眼前排成一整片就讓我頭暈眼花了，更別說耳邊陣陣店員們氣魄十足的叫賣聲交錯，而且一個鬆懈就會被其他人往後面推出去。

「哎呀大哥啊，今天推薦什麼魚啊？」

田上太太非常輕鬆又帶著熟門熟路的語氣，很快就抓住忙碌工作的店員之一。感覺是想抓住同一位店員問話的主婦惡狠狠瞪了過來，但田上太太一臉滿不在乎。

「這個嘛，今天的話鱸魚怎麼樣？銚子那邊漁獲豐盛，量多又便宜喔。而且只剩下這一盤。」

一看那寫著一盤五百的鱸魚孤零零落在眼前。

「哎呀的確是呢，不過這樣超過了我今天的預算耶。」

「啊哈哈，真拿大姐沒辦法。那三百八如何？」

變便宜了?!我還以為殺價這種事情只有在外國的市場才會發生啊？

我就這樣呆立在一邊看著田上太太生氣蓬勃的側臉。

「三百五！」

田上太太這麼一喊，店員一臉真沒辦法輸給你了的表情拿起盤子。這些事情快到我還在眼花撩亂，田上太太就已經付完錢，店員則把裝進塑膠袋的鱸魚遞了過來。

「一項完成！好啦，下個地方也是戰場喔。」

田上太太像救援隊那樣護著我推開主婦們從店裡脫離，完全沒有休息就往超市直奔。

「主菜是清爽的魚，所以味噌湯我覺得應該要料多一點，讓大家能有吃到比較多東西的感覺。昨天還剩不少蔬菜，預算也還滿多的，要不要做成豬肉味噌湯？」

我光是點頭就用盡力氣。超市的蔬菜區也是滿滿的主婦們，聽說是因為現在是半價特賣的時間。

「妳今天在後面看我就好，畢竟以後可能得要自己來呢。」

田上太太說完就衝進了限時特賣的人群裡，很快就帶著略略凌亂的頭髮拿了牛蒡回來。接著去買冷藏包裝的豬肉絲就結束了。我瞄了一眼店裡的時鐘，還沒有六點。我還以為已經超過半小時了，實際上跟田上太太預定的一樣大概只過了二十分鐘。

——但總覺得好累。

我只能手腳發軟地拚命追上意氣昂揚抱著戰利品踏上歸途的田上太太，而且接下來才要正式進入戰場。

搞不好烹飪比想像中的還要接近體育活動。

才剛回到角落美食，根本沒有休息的時間，田上太太就直接進了廚房。然後回過頭用相當平靜的口吻對我說：「那麼加奈，就麻煩妳清魚肚囉。」口氣彷彿只是要我去庭院裡摘朵花回來。

「魚肚……嗎？」

我膽戰心驚地開口詢問，田上太太一邊說著對啊，然後把手上的免洗筷拆開來。

「魚肚，是指魚的內臟對吧？」

「沒錯沒錯，今天沒時間了，所以我教妳用免洗筷簡單清理的方法喔。」

接著她處理的速度在我眼中跟快轉播放沒兩樣，田上太太就這樣把一支免洗筷二話不說插進肚子圓滾滾的鱸魚嘴巴裡。先是從魚鰓那裡稍微探個頭，然後一口氣往最裡面戳下去，另一邊也一樣經過魚鰓戳到魚身最裡面。

「這樣子啊，兩支筷子就會夾住裡面的內臟了。」

她一邊說著同時把兩支筷子一起轉了好幾圈，然後把扭曲的內臟咻地拉出來給我看。感覺簡直是在虐殺動物。一股腥臭撲鼻而來，我的腦中響徹以前看恐怖電影的時候那種可怕的背景音樂。

「如何？很簡單吧？」

「——嗯。」

「好啦，加奈妳來做做看。」

田上太太快手快腳地把魚內臟丟在不知何時已經準備在一旁的空塑膠袋裡。

她遞給我一條在廚房燈光下閃出光芒的鱸魚，那個早就沒了生命氣息的眼珠似乎渾渾噩噩地轉向我。

妳要是能戳，就來戳啊！

手中的鱸魚彷彿死了還要盡力掙扎抵抗，手上先是感受到冰涼，然後是一種魚肉的柔軟。

「今天沒時間了，所以就用這種偷懶的方法，下次我會教妳怎麼樣好好把魚剖開清理的。」

田上太太笑著說出殘酷的臺詞，一邊開始洗起了剛才買來的蔬菜。

而我呢，左手接過鱸魚、右手拿著免洗筷，連一公厘都無法插進牠的嘴裡。

櫃檯那邊傳來了壓低的嘻嘻笑聲。

「一開始就要清魚肚，難度也太高了吧。田上太太妳可能已經習慣了，可是有很多女孩子拿魚肚沒辦法啊。」

奈央小姐向田上太太抗議之後，原先動作行雲流水的田上太太忽然定格，那圓滾滾的臉頰也似乎縮了下去。

「對不起，我真是的，我沒有女兒所以根本沒想到這件事情。對喔，妳覺得不舒服吧？忽然就叫妳清魚肚。」

「不是，那個，我也是第一次，真不好意思。」

那絲毫沒有諷刺而是單純的道歉是如此動聽，跟外公還有偶爾才會向我拋話的班級同學話語全然不同。

「魚肚我來清吧。加奈妳負責做味噌湯好嗎？昨天妳應該有問過金子先生味噌湯要怎麼做了對吧？」

丸山先生說著便走進廚房。

「這樣很不錯，加奈妳覺得呢？」

「好，味噌湯我應該能做出來。」

「那我來切材料，加奈妳先取高湯好嗎？那邊的筆記本上面有寫做法，就在第一頁而已。」

「喂喂，你們怎麼從頭一步一步教啊，這樣是要哪時才做得出來啦。」

柿本先生隔著吧檯丟來抱怨。

「柿本先生要不要一起來做？」

「別開玩笑了。」

柿本先生皺起那滿是皺紋的面孔，再次回到餐桌邊。

我在流理台邊洗了手以後，照著田上太太說的走向那老舊的筆記本。總覺得手上還是一股腥臭。

這本角落美食流傳的食譜在挑菜單的時候也會用到，封面上簡單地寫著「角落美食　食譜筆記本」。翻開封面，第一頁就寫著「味噌湯」。那帶有溫度感的手寫文字，是很有某個人風格的圓圓字體。或許是因為裡面並非單純說明，而是用口語寫成的內容，感覺似乎還能聽見書寫者的呼吸。

應該是位年輕女性吧？

不知為何想像起那書寫著食譜的女性，就覺得這筆記本似乎與我相當親近。這讓我稍微安下心來，開始閱讀做味噌湯的方法。一開始要把昆布泡在水裡的步驟，田上太太在我們出去買東西之前似乎就已經處理了。接下來就是開火，好像是等到鍋子內側開始冒出細小的泡泡時，盡快把昆布拿出來就可以了。

我真的能做好嗎？

雖然有些不安，但總覺得筆記本正在鼓勵我，告訴我沒問題的。

好，上吧！我在心中幫自己加油打氣，然後喀嚓一聲轉開瓦斯爐的旋鈕。

這是我今天第一個自信十足的動作。我直盯著鍋子裡面看，直到有小泡泡一個、兩個慢慢浮上來，然後鍋子內側開始附著許多小氣泡的同時，耳邊也傳來小小的滋滋聲。鍋裡的熱水變成昆布高湯，有著淡淡的顏色。那高湯清香的氣息也隨著蒸氣冒上來。

我用長筷把昆布夾出來，這時候才發現一個問題。

這個昆布是要放在哪裡啊？

正當我手足無措，丸山先生就拿著塑膠袋到我旁邊來了。

「謝謝您。」

「接下來是柴魚喔。」

他說著便把寫有「柴魚片」的大袋子遞給我，跟外公用刨刀削下來的木屑好像。

在那瞬間我還期待丸山先生會幫我的忙，結果他再次回到了那堆鱸魚的砧板前。他在撒鹽，應該是準備工作之一吧。

再次確認那本筆記，上面寫著水沸騰之後要抓一把柴魚片放進去。

突然口袋裡的手機傳來叮咚一聲，無可奈何拿出來一看，是真理亞留了言在群組。

「大家覺得搶別人男朋友的傢伙是怎樣的人？」

突然在講什麼啊。

「偷偷摸摸把人叫去別人看不到的地方，超差勁的對吧。」

我這才想起來中午的事情。她大概是看我跟純也兩個人在藤架下講話，所以覺得不高興吧。

但我只是跟青梅竹馬講兩句話而已。我跟純也又沒有什麼。

雖然我很想這樣回她，不過反正她也不會聽進去，我的回覆也一定會被大家視而不見。

叮咚、叮咚，接二連三有別人回覆訊息。

「那樣不好吧。」

「好過分～偏偏那種傢伙根本就不可愛，搞不清楚狀況。」

「對吧？那種女人死了比較好。」

最後一句話讓我的肚子裡彷彿跟剛才的鱸魚一樣整個被攪爛。

「加奈，怎麼啦？有不懂的地方嗎？」

丸山先生的聲音把我拉回廚房。這才回神發現眼前的水已經滾到氣勢洶湧。糟了！我連忙想把柴魚片丟進去，不知為何袋子卻打不開。好不容易硬是把手伸進去抓了柴魚片放進去，總覺得量好像多了點。

泡在熱水裡的柴魚片在鍋中用力起舞，而我的腦袋裡則是「死了比較好」這幾個字繞著圈圈跳舞。

呃，接下來要做什麼？

看了看筆記，看來在放柴魚片的時候應該要關火才行。我連忙轉動旋鈕，柴魚片咻地安靜下來。我想應該是做錯了，不過總之接下來等柴魚片沉下去之後，用廚房紙巾過濾就好。

不知何時我的背上一片濕答答、流滿了不愉快的汗水。

丸山先生開始烤起鱸魚來，田上太太已經處理好蔬菜，正在把豬肉絲切成更容易入口的大小。我把濾網放在大缽上，然後蓋上一層廚房紙巾，開始過濾鍋子裡的高湯。

「哎呀不錯，很順手的樣子，做得很好啊加奈。」

「啊，呃真是對不起。不，我似乎做得不是很好。」

「大家一開始都是這樣的。我現在做起來也還是綁手綁腳的啊。」

奈央小姐說話的同時，正在把保鮮盒裡的小菜拿出來分裝。

「喂喂沒問題吧？味噌湯可是烹飪的基本耶。」

柿本先生故意對我冷嘲熱諷。

「抱歉啦，加奈，妳不用在意的。」

奈央小姐安慰著我。

但我根本沒有閒情逸致去在乎柿本先生給的壓力，在我腦中那個「死了比較好」的留言不斷以真理亞的聲音反覆播放。

把過濾出來的高湯放在爐火上，之後就是田上太太把她準備好的材料放進去，等到東西熟就好。

「其實應該要依照需要煮的時間，慢的先放進去，不過我剛才作弊先微波過了。這是食譜筆記本上面也有寫的小技巧喔。」

看來這筆記本似乎會把各種小技巧用對話框的方式另外加在食譜的旁邊。這麼說來高湯的說明旁邊好像也有一些筆記，但因為我慌了手腳所以根本沒來得及看。

我的動作相當躁亂，其他人準備自己的東西卻都非常俐落。

「加奈剛才做好的高湯是第一道高湯，一般人家會說味噌湯是用第二道比較好就是。哎呀沒有要做很多高湯的話，現在這個量比較不會做太多出來，剛好啦。每天都要取兩道高湯的話也太累人了。」

我完全搞不懂什麼第一道跟第二道高湯有何不同，但還是點點頭表示了解。

等到豬肉味噌湯裡的材料都熟了的時候，所有準備就都完成了。剩下來的材料放進冰箱裡，好像是明後天都可以繼續使用。

時間快要七點了，就算坐下我也無法放鬆身體，已經完全用盡全身力氣。

「我開動了。」

身為值日生的我先開口，大家也跟著說開動了。其實除了柿本先生以外幾乎所有人都下場幫忙了，總覺得我的立場很不穩。

「哎呀呀，我先來喝加奈的豬肉味噌湯吧。」

奈央小姐啜飲了一口湯，看見大家都拿起豬肉味噌湯，總覺得萬分緊張。

「嗯！好喝、好喝。」

我的肩膀稍微放鬆了一點點，自己也把手伸向湯碗。

「對吧？感覺不像是第一次做呢。加奈很有天分喔。」
雖然田上太太也誇獎我，但總覺得不太對勁。
「可是跟昨天的味道不一樣，對不起。」
我一道歉，大家馬上連聲安慰我。
「畢竟昨天是金子先生做的啊，人家是專業的廚師耶，加奈做的是家庭口味啊，已經很好喝了。而且今天也不是普通的味噌湯，是豬肉味噌湯啊。」
「對啊對啊很完美呢。」
「哎呀雖然有點雜味，不過還是滿好喝的啦。」
「咦咦？有雜味嗎？」
奈央轉頭看著隔壁的丸山先生。
「最好是雜味啦。搞啥啊你們，難喝就老實告訴她難喝也是為了她好吧。」
「那違反規則。」
雖然丸山先生開口勸戒，不過看來果然是很難喝。
「或許是因為柴魚片有點煮過頭了。」
我一邊覺得萬分抱歉，不禁縮起了身子。

這和昨天金子先生的味噌湯不一樣，這個碗裡的豬肉味噌湯一點都無法肯定自己的存在，惶惶不安地冒著蒸氣。

正如丸山先生所說，除了有股奇妙的雜味以外，味道似乎也很淡，總覺得少了點什麼。該不會是味噌也沒加夠吧？

「柿本先生，你現在是打算怎麼辦？都是你害加奈這麼消沉！」

田上太太試圖安撫我，柿本先生哼了一聲把頭撇向一邊。

丸山先生忽然向我提議。

「如果加奈希望的話，要不要練習做味噌湯呢？我會陪妳的。」

「……練習？」

這讓人出其不意的提議，讓我整個人僵住。丸山先生絲毫不在意我的遲疑，只是又喝了一口豬肉味噌湯，然後喃喃念著果然是有點雜味呢。

請一位我幾乎不認識的大叔教我做味噌湯？

腦中浮現著丸山先生在背後監視我默默做味噌湯的樣子。

——沒辦法，應該說我不喜歡這樣。

即便如此，我今天這樣給大家添了麻煩，感覺很難婉拒。正當我不知該怎麼回答，又是奈央小姐出言幫我。

「不過加奈也沒辦法每天晚上都來吧？家裡的人會擔心啊。」

對、就是這樣！即使如此，丸山先生還是語氣平淡地更進一步。

「那麼中午如何呢？」

「傻子，人家中午當然是要去學校上課吧？」

田上太太也好言相勸，但丸山先生的眼神裡透露出他不想放棄。

「那妳能來這裡的時候就可以了。」

「可、可是，感覺很不好意思。」

「沒有那回事。而且原先不會的事情後來學會了，是很開心的喔。」

對方都說到這種地步了，實在不可能拒絕。我只能硬生生把頭點下去。

「現在的女高中生有辦法那麼努力嗎？」

柿本先生用鼻子嘲笑著，雖然奈央小姐和丸山先生都為我加油，但連我自己都完全沒有那個自信。

從第二天起，我就在丸山先生的指導下開始練習做味噌湯。

丸山先生身為指導者頗為嚴厲，我幾乎是在前所未見的嚴格教導下每晚站在鍋子前面。

高湯有分為昆布、小魚乾、柴魚片等各種不同類型的湯頭；哪些材料要用哪類高湯比較好喝之類的，丸山先生都用平穩但是毫不留情的口吻逐一教導一無所知的我。

「加奈，適合用來做豬肉味噌湯的是什麼樣的湯頭？」

「呃……放肉的豬肉味噌湯，適合用昆布或者香菇之類的植物高湯。」

就連在取高湯的時候，背後都會突然飛來考試問題。

「好啦，柴魚片的顏色接近透明了，反而是湯頭逐漸染成柴魚的顏色對吧？柴魚的生命已經轉移到湯裡面了。千萬不要錯過柴魚片最接近透明的那瞬間，就在那時候關火。」

總覺得這樣講感覺好抽象。但是丸山先生一臉認真說我的感覺非常敏銳，所以一定能夠掌握那個瞬間的。我很久沒有這樣被人稱讚，說老實話還挺開心。丸山先生也許只是說客套話，又或者只是想為我加油打氣讓我有勇氣而已。

他向我提議的時候我還百般不情願，實際上開始動手卻覺得做高湯真是件有趣的事情。畢竟需要集中精神，所以在我面對鍋子的時候就能忘懷許多事情，而且丸山先生還會一邊教我挑選食材的方法，所以對我出去買材料也很有幫助。

原本我也沒想到自己待在外公身邊，居然還每天晚上都跑來角落美食。但我嘗過一次不跟外公一起吃晚餐的滋味以後，就越來越覺得要與他面對面吃飯實在是相當艱辛。

來到角落美食，讓這位對我的家庭和學校狀況一無所知的丸山先生教我味噌湯的做法、然後和大家一起吃飯，對我來說輕鬆太多了。

就在我經常來這裡以後，有時會覺得怪怪的。就是我出去買菜的時候，總覺得好像有人在看我，但我回頭卻沒看見任何人。

該不會是真理亞她們吧。

如今學校已經更加沒有我的容身之處。先前大家還只是無視我的存在，現在連課桌抽屜裡的東西也偶爾就會不見。鉛筆盒、課本，有一次連錢包都不見了。當我正在拚命找的時候，四面八方都會傳來嘻嘻偷笑的聲音。

即使如此，至少我有角落美食。只要埋頭做味噌湯，就可以忘記這一切。

原先絕不離身的手機，我也不再到處帶著走了。一直叮咚叮咚的實在非常妨礙烹飪，而且反正外公應該不會特別聯絡我。

越是接近夏天，暑氣也就更加嚴峻。獨自吃飯的時間簡直就是處在火焰地獄中。

唯有在角落美食自稱加奈的時候，是我維持自我的時間。

今天從一大早就不太平靜。平常班上大家總像掃過空氣般看我的視線，今天不知為何有些帶刺。班上的氣氛也是相當混濁，感覺比平常還要差。

為了上體育課所以走進更衣室，大家的視線竟然集中在我身上。果然很奇怪。

就在我換完體育服的瞬間，突然有人跟我說話。

「楓學姊，妳中午就跑去援交，真是辛苦呢。」

「下次拿賺到的錢請我們嘛～」

從聽到援交兩個字到腦中想到這兩個字是什麼意思，花了我不少時間。好幾個女生堵住出口。

我緩緩回頭，真理亞和她平常在一起的幾個女生都在那裡，笑咪咪地看著我。其他女生看我的眼神就算沒有惡意也充滿好奇心。

到底為什麼會誤會什麼援交？

雖然我想抗議，話頭卻被現場的氣氛壓了下去，只能微微顫動著嘴角。

「幹嘛啊，老是那麼死氣沉沉的，想說什麼？」

真理亞緩緩靠了過來，大大的眼睛滲出憤怒。我不知道自己為何會惹她這麼生氣。自從被她看見我跟純也在一起那次以後，我就沒再跟那傢伙兩人單獨說過話。

我默默搖了搖頭。真理亞哼了一聲雙手抱胸站在我眼前。

「哎呀呀，像妳這麼無聊的女生，純也是看在跟妳從小處到大才可憐妳跟妳好的。但妳居然隨便對別人的男朋友出手，還拿大叔的錢，真的是很大膽呢。所以是怎樣？妳一次拿多少？」

「等等真理亞，說什麼錢，太恐怖了吧。」

周遭的女孩子都在嘻嘻笑。

「妳在說什麼？」

真理亞不給我明確的答案。

「我說啊，妳真的是很噁心耶。如果是真的話，我實在是不想跟妳說話耶，妳這種人。」

頭上彷彿被澆了桶冰水。

原來如此，大家一起嘲笑我，就因為我跟純也是青梅竹馬。

「總之我真的是受不了啦。妳沒看我給妳的忠告嗎？就跟妳說死了比較好啦。勾引純也又跑去援交，像妳這種看起來好像乖孩子的人才是最惡劣的。」

「我們沒有任何關係。我跟純也只是一起長大的……」

我微弱的聲音勉強說到這裡，肩膀就被用力一推。

「快點去死一死啦。我現在就去幫妳借頂樓鑰匙。」

大家再次笑了起來。有一個人真的走出更衣室。

不是認真的吧？是、是開玩笑的吧？

真理亞的眼睛沒有在笑，包圍我的圓圈越來越小。

怎麼辦……

如果要逃走的話，機會只有一瞬間。我用力深呼吸一口氣，朝著出口狂奔而去。

「妳給我等等！」

雖然背後傳來大喊的聲音，我當然不可能回頭。不過就這一公尺，卻看起來長得彷彿幾十公尺。但我還是摸到了門把，逃到更衣室外。在走廊上拚命跑、拚命跑，一路奔出校舍然後一口氣衝到後門。

我不知道該逃到哪裡去，所以出了學校以後還是一直狂奔。等我滿身大汗停下來的時候，不是站在家門前，而是角落美食的大門口。

我努力喘氣把手放上大門，不過時間太早了，門還是鎖著的。我想著稍微休息一下正打算蹲下，背後卻忽然有人喊我。

「妳到底在幹嘛啊！怎麼回事啊穿成這樣。」

我抬起頭來，居然是純也一臉憤怒地站在我眼前。

「為什麼你會在這裡啊？」

「居然問我為什麼……還不是看到妳穿著體育服狂奔出去，所以我追了過來啊。不行嗎？」

他那種故意惹人生氣的語調讓我怒上心頭。

「你以為是誰害我這樣的！」

「欸，到底是發生什麼事情啦。」

「還、還不是因為你不好好讓真理亞安心……」

現在我的腳才開始發起抖來，只好馬上蹲下，把臉埋在膝蓋之間。

「真理亞?!為什麼會提那傢伙啊。」

純也一邊說著然後在我旁邊蹲下。

「妳該不會是跟真理亞吵架吧？」

「……該說是吵架嗎？反正你顧好自己的女朋友啦。」

「啊？真理亞又不是我女朋友。我昨天才拒絕她告白耶。」

我猛然抬起頭來。

「你們沒在交往？」

「為什麼會這樣講啊？那傢伙的個性我實在是沒辦法啦。」

所以真理亞是因為被純也甩了，然後把氣出在我身上嗎？

「好啦不要提我，妳到底是怎麼了？」

我們兩個依然並肩蹲在一起，然後我告訴他剛才真理亞跟我說的話。

純也聽到援交居然大笑。

「說妳援交?!哪會有大叔要買妳啊。」

「夠囉。」

我故意嘟著嘴，這時純也不笑了，反而很難得地一臉嚴肅。

「妳要小心點，那傢伙個性非常糟糕。我也會多留意的。」

「才不要。跟你扯上關係的話，我看事情會變得更麻煩。」

此時我腦中浮現的是真理亞那火冒三丈的眼睛，明天起我在班上應該更加水深火熱吧。雖然先前也好不到哪裡去啦⋯⋯

「你們班導師是那種大事化小、小事化無的人，感覺說了也沒用。反正其他同學一定是被真理亞一瞪就怕得要死、什麼都不敢說吧？之後我每天去你們班上吧。

「就說不要這樣啦。」

純也無視我的抗議又繼續問下去。

「所以原因是霸凌嗎？妳才每天都來這間奇怪的店嗎？」

我驚訝地抬頭，純也一臉尷尬地別過臉。

「我跟在妳後面啦。因為妳中午都一個人吃飯，我去問了爺爺，他說妳晚餐也不在……」

原來這陣子我常常會感覺到視線，不是真理亞她們在看我，而是純也啊。

無可奈何之下，只好跟他說明這裡是什麼樣的地方。

「我每天在這個……有點奇怪的地方，練習做味噌湯之類的。」

「什麼啊，所以妳是突然開始喜歡上烹飪？而且味噌湯也太樸素了吧。」

「我說啊，味噌湯其實是很深奧的喔。」

兩個人你一言我一語，我完全沒注意到不知何時已經五點了。

「哎呀今天真早，而且來了兩個人啊？」

丸山先生一臉打趣地看著身穿體育服的我、又看了看穿著制服外套的純也。

——糟了，早知道應該早點把純也趕回去。

我一如往常幫泡在水裡的昆布開了比較微弱的中火，好像是因為與其一口氣提升溫度，不如讓溫度慢慢升上去，更能夠萃取出昆布的味道。而在這段時間，我從冰箱拿出菇類和豆腐切一切。其實味噌湯裡面若要放不同的材料，那麼有時候用小魚乾做湯頭會更加美味，不過現在丸山先生只讓我做昆布和柴魚片的高湯。

今天的成員是丸山先生、柿本先生、金子先生、我，還有順水推舟進了門的純也。雖然我已經相當鄭重提醒純也說我在這裡不叫小楓、是叫加奈，但還是心驚膽跳生怕他不小心失口喊出我的本名。

倒也不是在這裡有什麼需要隱瞞身分的問題，只是事到如今很難開口講明這件事情。

值日生是柿本先生，沒想到他手腳靈巧地炒起了蔬菜。他一邊單手拿著中式炒鍋翻動材料，一臉得意洋洋地朝我說話。

「怎樣啊女高中生，這點小事都辦不到很難找到人嫁喔。」

「澀柿，炒東西的時候給我閉嘴。」

金子先生馬上瞪了過去。今天田上太太不在，所以金子先生正在用剩下來的材料做一些配菜。

「那個，金子先生。」

他一邊用冷水沖著剛才川燙的菠菜同時回過頭來。

「味噌湯的高湯有什麼訣竅嗎？」

我一直很想問這件事情。不管多努力，我都沒辦法做出先前金子先生做給我們喝的味噌湯那種口味的高湯。我想肯定是廚師有什麼獨門絕招吧。

但是金子先生卻一口否定。

「嗯，沒有耶，我也是照食譜做的。」

「呃，是喔？」

「唔，硬是要說的話就是不要錯過好的時間點，但光是在意時間也不是辦法啦。嗯，如果說是有什麼訣竅的話……」

金子先生稍微思考了一下，微微一笑。

「大概就是誇獎高湯吧。」

「誇獎嗎?!」

「對對，跟它說你是日本味道最棒的高湯喔、真的很厲害喔。畢竟不能只對吃東西的人抱持愛情，也要對材料有愛才行。」

「那是高湯耶。」

純也在櫃檯前撐著臉頰、半信半疑地呢喃。

「欸我說真的，妳為什麼每天來這邊都在做味噌湯啊？」

因為實在是沒辦法跟外公一起吃飯，這種話我怎麼說得出口。要我說什麼來這裡的話能夠忘記許多事情，這種回答好像又會讓氣氛變得過於凝重。

正當我不知道該如何回答而陷入沉默，金子先生卻站到我旁邊誇獎起我。

「話說回來加奈啊，妳現在手腳變得俐落很多了呢。」

「是我教得好。」

丸山先生自豪的語氣有點好笑。

「基本上來說，捷徑就是一步一步慢慢來。不過現在應該是已經有了不錯的水準吧，要注意集中精神，不要讓雜味也跑到湯頭裡了。」

我拿出昆布、關火，然後把柴魚片放進去。等到柴魚的顏色轉移到高湯裡，讓湯頭變成淡淡的金黃色以後，就有一股清新又俐落的柴魚香氣飄散出來。就好像是普普通通的水告訴大家我已經擁有了全新生命那樣，所以我非常喜歡這個香氣溢出的瞬間。

畢竟我自己沒有半點能夠張揚的味道。

在今年春天以前，我從來沒有懷疑過自己可能不是澤渡楓。我對於自己是外公的孫女、住在那間房子裡並且讓他疼愛我這件事情，不抱有任何質疑。

直到春假我發現了那張照片——

那是一對男女的合照，兩個人靠在一起朝著鏡頭方向微笑。隱約能看見他們兩人的無名指上都有戒指。

那張照片被悄悄收在佛壇抽屜深處，我是因為要拿火柴點香才偶然發現它。

我馬上就知道照片上的夫妻中這名女性是我的母親，因為家裡還有好幾張母親年輕時候的照片。而這位丈夫則是我從未見過的面孔，但我馬上就發現，這就是我連照片都沒看過的那位、在生物學上是我父親的人。

因為他的長相跟我像到實在是一眼就能看出來。

我知道外公非常痛恨父親，也有很多親戚跟我說他不是什麼好男人。所以我也非常憎恨他，那個毆打我母親的父親、那個害母親萬分辛勞的父親、那個早早丟下母親和其他女人跑掉的父親。

而我和那種男人，長得一模一樣。

我不禁恨起了自己身上遺傳的父親那部分，我好恨我自己。

外公想跟我保持距離也是理所當然，畢竟我和母親一點都不像。一個長了跟他痛恨的男人同一張臉的孫女，他哪有辦法疼愛啊？

在那一刻我覺得原先聯繫著我和外公的粗繩，就這樣啪的一聲斷掉了。

我成了一個沒有根源、不與任何人相連的人，這可以稱為生命嗎？

真理亞說，還不如去死。但或許我早就已經死了呢。

柴魚片在熱水裡緩緩下沉，但我心中往下沉陷的意識卻慢慢回到廚房裡。

你們和我不一樣喔，會變成很棒很棒的湯頭喔。

我照著金子先生的建議，在心裡試著誇獎柴魚。用廚房紙巾過濾完了以後，把菇類和豆腐放進鍋中再開火，味噌放進去溶開以後，我覺得鍋裡冒出的香氣似乎比平常還要濃郁。

今天晚上的菜單是拌炒蔬菜、川燙菠菜、燉南瓜，搭配菇類與豆腐的味噌湯。

不知道那菠菜是不是被金子先生拚命稱讚呢，正閃爍著鮮明的綠色。南瓜也吸收了黃金比例的滷汁，顏色讓人感覺喜氣洋洋。

五彩繽紛的拌炒蔬菜淋上相當濃郁的勾芡湯汁，光是看著就讓人流口水。這道菜漂亮到讓人簡直無法想像是那個柿本先生做的菜。

大家在桌邊坐下，值日生柿本先生開口喊著「開動囉」，大家也跟著說我開動了。

「哎呀真的很有趣耶，一群互不認識的人用共用廚房一起吃飯。」

純也快速掃著拌炒蔬菜邊開口說話。

「是啊，形形色色的人都會來這裡，不會覺得厭倦呢。」

丸山先生點點頭。

「這到底是從誰開始的啊？」

「對啊，真的是有點在意。可是沒人知道呢。」

金子先生停下筷子，抱胸思考。

「咦，居然嗎？」

這出人意料的回答讓我也抬起頭來。我一直以為這個地方有類似老闆之類的人吧。

「我沒記錯吧，丸山先生。」

「是啊，我之前也想說找時間調查一下，但就一直沒有起身行動。」

「哎呀呀，感覺更有趣了呢。話說回來這個南瓜超好吃的！」

聽純也這麼說，我忍不住也夾起了燉煮南瓜。煮得相當入味，每次咀嚼都有種甘甜的味道在嘴裡慢慢融化、擴散開來。這是幾乎能當成甜點來享用的甘甜南瓜。

「搞啥啊，我做的拌炒蔬菜怎麼半句稱讚都沒有。這些沒禮貌的傢伙。」

「柿本先生總是規規矩矩照食譜做得很好吃呢。」

丸山先生一誇他，柿本先生反而皺起臉來。看來比起被抱怨，其實他更不習慣被稱讚呢。

「啊這麼說來，規則上有寫吧，說是要盡可能照食譜做之類的——總覺得這規則很奇妙呢，明明看當天值日生自己習慣的做法也可以吧。」

在純也提到這點之前我並沒有特別留意這件事情，但想想的確如此。丸山先生用看到一鍋好湯的眼神盯著純也。
「嗯，這是不錯的觀點，的確如此呢。」
「隨便怎樣都好啦，幹嘛講那些有的沒的，飯都要變難吃了。」
柿本先生一邊抱怨同時端起味噌湯喝。
「嘖，練習那麼久了還是這個味道喔。」
「——對不起。」
就算被他抱怨，我也不會覺得多不高興，畢竟能和大家一起隨口聊天然後吃飯，就讓我很放鬆了。
我將筷子伸向據說忠於食譜的柿本先生做的拌炒蔬菜，放進嘴裡，那爽脆的口感及留在齒頰間的蔬菜香氣在嘴裡融為一體。閃爍著金黃光芒的勾芡醬汁口味濃郁，讓人不禁多挖了好幾口飯。
「這個真好吃。」
「真的很棒！」
雖然我和純也兩人都開口稱讚，但柿本先生卻裝沒聽見。
美味真的是相當神奇。

就只是食物好吃，卻讓人覺得心靈滿足、湧現力量。明明狀況沒有半點改變，卻覺得應該會沒問題吧。

「這邊的家具感覺也都是很不錯的東西呢，不是那種大量生產的產品，我想應該是職人的手工作品。這張桌子還有那邊那張椅子都是。」

純也已經吃完一份又添了一份，但還是很快吃完，說這話的時候他正在啜飲著茶水。

「哎呀，純也同學這麼年輕卻對家具有興趣嗎？」

「是啊，可以的話我想成為家具職人。」

純也笑得非常單純。

——他果然也發現了這些家具。

或許是因為我老是看著外公打造的那些家具，所以能看出這不是技術太好的人做的，但感覺得出來是放了非常多愛情打造出來的作品。

柿本先生一臉不耐煩地說家具又沒什麼，結果被金子先生制止。

一如往常漫無目地談天，要是能一直在這裡這樣吃好吃的飯就好了。但這裡的時間畢竟無法永恆，開口說出「我吃飽了」這句話的時間終究會到來。

慢吞吞收拾完東西以後和大家告別，我踏上了歸途。每接近家門一步，我那因為美味晚餐而有如氣球般輕飄飄的心情，就無可奈何地發出噗滋噗滋的聲音逐漸消風。

在我說「回來囉」的時候，外公看著我會不會覺得很不耐煩呢？要是我沒回去就好了，他是不是會這樣想呢？

有個啪噠啪噠的腳步聲就尾隨在我身後，我沒有回頭，直接向他抱怨。

「不要跟著我啦！我不想被人看到我們在一起。」

「啊？可是我今天也要去爺爺那邊啊。」

「唔呃——今天也來？」

我想外公大概覺得純也要是他孫子就好了吧，比我這種跟母親長得一點都不像、根本就是別人面孔的孫女要好多了——

純也的聲音猛然竄進耳中。

「——我說妳啊，要不要也誇獎一下自己啊？」

「莫名其妙在講什麼啊？」

「欸，金子先生不是說了嗎？訣竅就是誇獎啊，可能這樣就會有好味道喔。」

「不要把人講得好像柴魚片。」

「因為妳最近好像很害怕展現出自己啊。妳國中的時候應該不是這樣的吧？」

說得好像很了解我一樣，讓我忍不住想反駁他，不這樣的話我拚命維持的自我輪廓似乎就會粉碎四散，一點痕跡都不留。

「——你很煩耶，講那什麼沒有意義的話。」

「什麼啊，我可是擔心妳耶。」

「我才不需要你擔心。」

純也陷入沉默。不用回頭我也知道他一定不高興。

路燈光線下拉出兩條細細的影子，純也的影子比我的長多了。那個影子搔了搔頭再次開口。

「妳被霸凌的事情，還是跟外公商量一下吧。妳自己把事情都悶著又不能怎樣。雖然我休息時間可以過去露個臉，但又沒辦法二十四小時監視。」

「就叫你不要來我們班了。你來的話我就不去學校了！」

「什麼不去學校——」

純也的影子再次不知如何是好地搔了搔頭。

狹窄的巷子沒辦法完全釋放白天的熱度，只能不斷累積，蘊含著濕氣的空氣黏稠沉重，我們兩個人就像是在水裡划動前進。

看來晚上會令人相當煩躁而難以入眠。

第二天一早到學校，黑板上寫了大大的「澤渡楓是婊子」。正想說還是擦掉吧所以走過去，結果馬上有幾個男孩子嘻嘻笑地擋在我前面。都是些平常跟真理亞混在一起的人，他們先前明明還很平常地跟我說話……

「可以讓開嗎？」

大家都只是微笑著看我，就是不肯動。

「太厲害啦，楓真的是非常愛出鋒頭呢，在黑板上自我宣傳？」

真理亞刻意走過來在我面前笑著說這話，教室裡其他人也跟著哄堂大笑。

「欸，也該擦掉了吧不然有點糟糕耶？」
「這點小事沒關係啦。」
真理亞自信滿滿地安撫一個開始擔起心來的男同學。
這時候美枝子正好現身，班上幾乎沒有同學是好好把班導美枝子稱呼為吉永老師的。
「這是怎麼回事?!」
美枝子看見了黑板上的文字，一臉無奈地垂下眉毛看了看四周。表情完全就是純也批評的「大事化小、小事化無主義」。
她遲疑了一會兒看向我，嘆了口氣。
「澤渡同學，別鬧了，還不趕快擦掉。」
——居然賴在我頭上？
雖然我沒打算依賴老師，但還是忍不住感到震撼地看向美枝子，她居然就這樣閃開了視線。那個動作跟最近的外公一模一樣。
一邊感受著背後吵嘈聲及嘻笑聲，我開始擦黑板上的文字，板擦彷彿是整塊金屬那麼重。

真理亞對我的攻擊之後就越來越猛烈了。

午休的時候我因為必須獨自吃飯而離開座位，結果課本和筆記本都被畫滿塗鴉，甚至撕成碎片。書包裡的東西也都被翻出來亂丟，搞得亂七八糟，但整間教室彷彿完全沒有人看到這個情況。

我就像個第三者般看著這些東西，或許心靈也有所謂麻痺的狀態吧。

我緩緩轉頭走出教室，純也正好在走廊另一頭。他被朋友叫住、張嘴大笑著，完全沒有發現我的存在。

或許我真的已經變成了透明人吧。

畢竟也是我自己叫他休息時間不要過來的，但還是覺得有些怨恨他。在走廊上朝女廁走去打開了門，我也不知道為何自己會來廁所。

突然有人推了我一把，我倒在冰冷的地板上，這狹窄的空間裡迴響尖銳的笑聲。

「就跟妳說不要隨便動別人的男朋友了。」

我趴在地上，被紗季和明日香壓著，很勉強地回過頭去，看見真理亞兩手抱胸站在後面。

「我才沒有動他。」

一聽我的回答，真理亞嘴角抽搐。

「喔？居然光明正大說謊，真不愧是去援交的女人。明明有人看到妳把純也帶回家。」

——喔，原來如此，真理亞誤會了。純也不是來我家，他是去我外公的工作室。

不過我想那大概不是問題所在，真理亞就是看我不順眼而已。

「要怎麼講妳才會懂啊？這樣行嗎？」

真理亞使了個眼神，不知道是誰拿水桶裝了馬桶裡的水就往我頭上淋，一桶水就這樣從我正上方淋了下來。重複使用的水帶著些許氨氣臭味，令人作嘔。

正好此時午休時間結束的鐘聲響起，壓著我的手也放開了，我終於能夠站起身。滴答、滴答，水從我的髮絲往下滴。

「妳別以為這樣就結束了，這會持續到妳死為止。」

真理亞等人從廁所走了出去，雖然剛好有其他班的女生擦身而過，但她們也是裝作沒看見。

我稍微擰了擰頭髮正打算回教室，美枝子從我身旁走過，她看著我嘆了口氣，遞過來一條手帕。

「妳怎麼沒辦法好好跟大家相處呢？」

所以還是我不對？

我默默地看著美枝子，她又把視線轉開了。我沒有接過手帕，就這樣從她身旁走過。

沒有回去教室，我直接走出學校。每當有風吹過我的頭髮，那帶著腥臭的氣味就飄進鼻腔。不管走了多久，那味道都沒有變淡，反正我就是一直走一直走。

我離開學校大概過了多久呢？我也不知道自己往哪裡走了多久。

一回神才發現我又站在角落美食門前，只要能進去、只要待在這裡，我就沒事。我現在非常想站在廚房裡。想待在高湯香氣中忘記所有事情。

偏偏就是這時——

「因自來水管線故障，本日臨時休業。」

門前貼了張字跡漂亮的公告，就連我最後的一道城牆似乎也將視線從我身上轉開，我的血液從太陽穴開始慢慢往下流失。

這裡我也不能待了。

無可奈何我只能朝家門走去。

如果外公待在工作室裡，應該就能趁他不注意，回到我自己的房間。

我腦中一片空白地抬著腳步回到家門前，輕輕打開大門。

玄關前擺了一雙女性的鞋子，大概是住在附近的三笠太太吧。她是外公已經過世許久的朋友的妻子，以前常來我們家向外公報告對方疾病近況然後就走了。可能是因為有些耳背，講話聲音非常大。現在也能聽到她的聲音毫無顧忌地從客廳門後傳過來。

我正脫掉鞋子想偷偷從門前走過，三笠太太的話就這樣硬是闖進我的耳朵。

「小楓真是個可憐的孩子，她被母親拋棄、就一直跟你這種人在一起，肯定連什麼是家庭口味都不知道吧？」

在這洪鐘聲響過後，我的腦袋裡嗡嗡耳鳴著。

母親不是因為生了病只好把我託付給外公的嗎？不是在那之前拚命拉拔我長大的嗎?!

我瞬間沒能站穩，在走廊上發出了嘎吱一聲。或者這是我的輪廓碎裂發出的聲響呢？

「小楓?!」

外公打開客廳門衝了出來。

我不想看到他的眼神、我不想被他看見我的臉，我不想再看見外公把視線從我身上轉開了。

我用力甩開外公抓住我的手，再次奔出大門。

樹木沒有發出半點樹葉的沙沙聲響，靜靜矗立著。

我坐在以前外公常帶我來的公園裡的長椅上一動也不動，這裡離商店街有些距離，所以我好一陣子沒來了。

愣愣地坐在長椅上，四下不知何時已經變得一片昏暗，原先在這裡玩耍的孩子們也早已不見蹤影。沒有半個人經過，在這陰暗的公園裡就只有我一個人。平常或許會覺得有點恐怖吧，但對現在的我來說，這彷彿隔離的環境反而相當舒適。

這裡有一棵大楓樹，這個季節楓葉的葉片大而蒼鬱，像是有些煩悶地往初夏夜空伸展著樹枝。這種葉片到了秋天會變成大紅色的，很漂亮。而且樹幹還能採集楓糖。

「小楓妳的母親，就是由佳啊，或許是因為希望妳像是楓樹一樣，不管在哪個季節都非常美麗、永遠都能送給大家一份很棒的禮物，所以才把妳取名叫做楓吧。」

而且楓樹是能夠用來做家具的好樹呢，外公接著說下去。他這些話我就像背起來一樣刻在腦海裡，也一直相信這些話。

但是其實母親拋棄了我。不是無可奈何與我分別，而是丟下我。

好不容易辛苦維持住我輪廓的某種能量，終於喪失了最後的力氣。

如果沒有人需要我的話，或許我真的不存在也沒關係吧。

——死了還比較好呢。

真理亞說得沒錯。

「咦？這不是楓嗎？」

緩緩抬頭看向聲音來源，模模糊糊辨識出是真理亞的臉龐。

「哎呀，該不會是那個工作？妳提早離開學校我以為妳身體不舒服，還很擔心妳呢，真是的。還有精神工作嘛。」

「搞啥啊，這傢伙真的是妳的朋友嗎？」

一群男生裡面的一個人問著真理亞，她沒有回答，只是笑著這麼說：

「她啊，是靠老頭賺錢的。你們也幫幫她啊。」

真理亞那大大的眼睛裡浮現出一種陰沉的光芒。

這時候我終於想到了，大概是我跟丸山先生出來買角落美食的材料的時候，有誰看到了吧。所以才傳什麼我在援交的謠言。

「怎麼找大叔呢，還不如找我們啊。」

男生們詭異地笑著。

明知道應該要逃走，我卻動彈不得。這大概就是所謂的兩腿發軟吧，或者是我覺得無所謂而打算放棄一切呢？

男生們逐漸向我逼近，眼前漸漸清晰的臉龐，都是我不曾見過的人，可能是男校的男生吧。

接下來不管我發生了什麼事情，大概都不會有人感到難過。或許就連外公都不會太在意。

想到這裡，我更加覺得一切都無所謂了。

當我僵在長椅上的時候，那些男生終於走近到我無法逃走的距離，還是一樣沒有任何人經過。一個男生濕黏黏的手放到我的肩膀上。一切都完了。

就在這麼想的瞬間，我彷彿麻醉退去一般忽然回過神。

我因為恐懼及噁心而用力揮開了那男生的手。

「妳這傢伙，我還打算溫柔點耶。」

那男生依然用黏答答的眼神看著我，試圖來抓我的手。

「不要！」

這次就算我掙扎也甩不開，手被用力抓住了。

就在此時，一道手電筒燈光照向這裡，我下意識閉上了眼睛。

「你們在做什麼！」

一個尖銳的聲音衝了過來，看見那男生抓著我的手，猛然就揍了那個男生。

「外公?!」

「搞什麼啊這傢伙。」

外公一語不發地擋在我前面，下一秒就是外公被打。他呻吟著跪了下去，真理亞看見這一幕，竟然哈哈笑了起來。

怎麼辦、怎麼辦、怎麼辦？

我拚命想壓抑自己驚慌失措的心情。

總之得要求救才行！

連忙把手伸進口袋裡，卻想起來我最近都沒把手機帶在身上。

「救命啊！誰來救——」

雖然我大聲尖叫，但嘴巴馬上就被掩住。

而這時候外公還是一直被打，就算附近如此昏暗，還是能清楚看見外公的臉又紅又腫。

——拜託誰來救我們！

我不知道自己的願望是否上達天聽，但突然遠遠有人大喊著。

「喂，警察來了！」

似乎還聽見了警車的聲音。

男生們嘖了一聲以後鬆開掩住我嘴巴的手，一溜煙逃走了。真理亞也慌張追著他們離開。

「沒事吧?!」

奔到我們身邊的是純也，我根本沒辦法開口回答他。完全癱倒在地，根本沒辦法站起來。

發抖越來越嚴重，眼淚也完全停不下來。

家中廚房的鍋裡冒出了高湯的好香氣。

用大勺挖了一點湯到小盤裡試試味道，我嗯了一聲點點頭。這是學金子先生的。

丸山先生表示我的昆布和柴魚片高湯及格了，是在那天晚上的一星期後。外公在家裡休養了兩天之後，說什麼有個一體成形的桌子非得完工才行，馬上又跑去工作。

他還是一樣不愛說話、也不太笑，當然也不會一臉幸福的樣子，不過那天晚上回到家裡以後，外公一臉困擾地跟我說開了。

「小楓真的不是被丟掉的，那是三笠太太隨便亂講的。那個人就是愛亂講話。妳媽真的是生了病，沒有辦法才把妳交給我的。」

外公可能是傷口很痛，所以講話的時候還會皺起臉來。我只能盡量深呼吸不要大聲哭出來，一句話也說不出口。

「妳媽是在十八歲的時候離家的，再兩年妳就是跟妳媽那時候一樣的年紀啦。妳跟妳媽的樣子越來越像，就連看我的時候一臉懷疑的那臉都一模一樣。我實在——實在是很害怕啊。」

外公說著低下頭去，但我不覺得他是故意不看我。

我看外公的時候當然不是懷疑他什麼，所以我想跟他說，我懷疑的是我跟外公之間的聯繫。但我又說不出口，只好從房間裡把那張照片拿來給外公看。

「我跟媽長得不像，但是很像外公討厭的人。」

「妳這照片是從哪裡——」

外公拿著照片一角盯著看，突然笑了出來。

「怎麼說不像啊，根本像極了。猛然一看表情根本一模一樣啊。」

外公這句話讓我覺得自己的輪廓瞬間被用力刻劃重現，鼻子後方再次抽痛，在我嗚咽啜泣的這段時間，外公一直摸著我的頭。就像是我還小、在公園摔倒而哭泣的時候，他總是那樣摸我的頭。

「別讓人這麼擔心好不好。不是叫妳跟爺爺商量嗎？我想真理亞他們大概是跟蹤妳。所以我說妳啊——」

之後來到我家拜訪的純也，還是跟先前一樣碎念著我。

我問他們兩個人為什麼會到那個公園去，不知為何純也得意洋洋地回答我。

「爺爺說妳可能在那個公園，馬上就跑去了。」

「因為我只能想到妳小時候常去的地方啊。」

外公眼睛看著電視喃喃說道。

知道那裡對於外公來說也非常重要，我內心某個僵硬的地方，忽然也整個軟化了。

真理亞前天和她爸媽來我家拜訪，外公不肯讓他們三人進門，而且她的爸媽明明是來道歉的，卻在我家大門前吵起架來。

眼角瞥著外公不知為何竟然得開始安撫起發生爭執的夫妻，一個不小心又對上了原先低著頭的真理亞的視線。那挑釁氣氛滿滿的視線，毫無任何謝罪的意思。不僅如此，還透露出叫我趕快去死一死的訊息。

或許想死的其實是真理亞吧？

雖然這個想法浮現在腦海中，但我想應該沒有機會問她了。真理亞的父母很快就離了婚，而她也轉校去母親老家所在的九州。

班上彷彿毒氣排得一乾二淨，開始有好幾個同學會跟我說早安，前些日子還有一個人邀我一起吃午餐。

現在我的輪廓偶爾還是會突然變淡一些，比方說抬頭仰望夕陽的時候、或者是晚上睡不著覺的時候，那個瞬間就會突然降臨。那種時候，外公說的話就成了我取回輪廓的魔法咒語。

——怎麼說不像啊，根本像極了。猛然一看表情根本一模一樣啊。

反覆唱念，我又再次恢復成清晰的自我。

把高湯裡沉下去的柴魚片用廚房紙巾濾掉，我一邊愣愣地想著。

或許這世界就是一個大鍋子，人就和昆布或柴魚片沒兩樣。大家都釋放出自己的味道，然後居住在這個名為世界的大口味當中。

那麼我自己釋放出來的是什麼樣的味道呢？雖然一定不是那種高級日式餐廳第一道湯頭那樣高雅，也不會是金子先生做的那種彷彿完美等級的細緻高湯，但應該是有點什麼味道吧。

既然要釋放味道，我希望自己能有個好滋味。就算現在做不到，希望長大成人以後能辦到。

如果我把這些話告訴純也，他會不會擔心我是身體哪裡不對勁啊？

我在鍋裡放入外公喜歡的菠菜，看準了綠色最為鮮豔的時間點關火。快速把味噌溶進去，香氣竄進鼻腔。那股香氣裡確實能夠感受到高湯的存在，讓我挺高興的。

嗯，今天是成功的。

將味噌湯裝在三個碗裡，拿到客廳的桌上擺好。純也好像是真的打算當個家具工匠，最近老是窩在外公的工作室裡，所以經常順便在我家吃晚餐。

「外公、純也，可以吃飯囉。」

我這麼一喊，他們兩人就從工作室走了出來，在桌邊盤坐下。

「呃，又是外面的現成烤魚喔。」

純也一臉嫌棄，就連外公都說偶爾也想吃吃在家裡烤的魚呢之類的話。

說起來外公不喜歡我進廚房做菜，好像不是因為口味喜好的問題，而是因為希望我跟其他父母雙全的小孩過個一樣的孩提時代。這是後來我才聽純也偷偷告訴我的。

「講那種話，你們自己做啊。」

我故意嘟嘴說著，但其實心裡不是這樣想。

下次我去角落美食的時候，再請田上太太重新教我一次那個很恐怖的去魚肚的方法吧。

「開動囉。」

我說完以後，外公和純也一起說開動了。

外公拿著湯碗啜飲，嗯哼哼地點著頭。這表示他覺得好喝。

「好喝耶！」

純也笑著說。

我不再是那個迷路小孩，我可以留在這裡。

我覺得自己現在正在釋放出一種好滋味。

婚活漢堡排

東京すみっこごはん

在這中午時刻人山人海的公司餐廳，好不容易找到四個人一起的座位，趕緊把便當打開來。小小的四個便當在桌上紛紛現身。除了我之外的三個人，有人便當裡裝了切成花朵或星星形狀的紅蘿蔔片，還有最近很流行的動漫角色便當，另外就是做起來很花工夫的燉煮菜色或炸的配菜。今天也不禁覺得，她們還真是相當耗費心思呢。

這就是派遣員工的實力嗎——

當然也有例外，不過來我們公司的女性派遣員工，女子力都非常高超。她們總是打扮得漂漂亮亮，表面上對於糟糕上司那些細微末枝的指示也永遠保持笑容，妝容毫無缺陷，不像我到了下午就會開始鼻翼冒油。

令人不禁覺得雖然身為正職人員的我今天跟昨天沒有兩樣，她們卻能夠釣上金龜婿……喔不，找到好老公然後結婚離職乃是理所當然。

她們都是手段高明的獵人。

「哇，奈央今天的便當也好漂亮喔。」

奈津子刻意揚起聲音，她擅長做角色便當，但從來不會忘了檢視別人的便當。

「啊，沒有啦，我只是把一些吃剩的東西裝起來。」

我虛弱的反應並不是因為謙虛，而是有所顧忌。

這個便當其實不是我自己做的，只是利用了我家附近熟菜店的便當服務。我一大早就拿著空便當盒過去，請店家的伯母幫我裝好他們的熟菜。第一次和派遣女孩們一起吃午餐的那天，因為大家都相當認真地做便當，所以我實在沒辦法開口說自己只是跟熟菜店買菜裝在便當裡而已。之後也一直無法說出真相，就這樣拖到今天。

鹽麴調味的蘆筍豬肉捲、羅勒涼拌球型甘藍、咖哩風味炒甜椒、煮得鬆鬆軟軟的玄米，而且另外還用了個小盒子裝當季的麝香葡萄、九月才剛上市的蘋果甚至切成了兔子形狀。這種便當要是讓我自己做，就算早上六點開工，中午能不能趕上都還很難說呢。

我有男朋友的時候，雖然也曾努力做兩人份的便當，但親手做羹湯這種世界可不是光靠愛情就能撐下去的。

我就是沒有烹調的感性，動作不俐落、調味也是讓人捏把冷汗，除了我天生就不擅長做東西以外，大概我的舌頭也不是多靈敏。

事到如今，我不禁想怨恨那個總是拿甜死人的果汁給我搭配飯菜的母親。就連我偶爾會過去的角落美食，只要是我抽到值日生，就會有人一臉嫌棄。主要就是柿本先生、跟柿本先生之類的人啦。

明明都已經三十五歲了，別說工作技巧，就連女子力似乎都沒有半項能夠與眼前這些輕鬆微笑的派遣女孩們匹敵。

互相誇獎彼此的便當一輪以後，談天的話題瞬間斷了那麼幾秒。

彷彿是在刺探說話時機，坐在我正前方的春菜突然撒嬌似的開口。

「對了我那個男朋友啊……」

那一瞬間，桌面的氣氛忽然變得相當緊繃。

像我這樣有著多年功力的單身女子，在春菜開口之前我就知道她要說什麼了。哎呀，終於也輪到春菜了啊，一種先前已經看過這小說結局的感覺襲上心頭。腦中快速準備起等等要開口說出的臺詞是「恭喜妳」。噹~噹噹噹噹噹、噹噹噹、噹噹噹、噹噹噹。腦中毫無意義地播放起結婚進行曲，真是吵死了。

「他跟我求婚了，所以我要結婚了。」

在短短的沉默後，響起的是吵鬧的尖叫。
「恭喜妳，太好了。」
我把剛才已經準備好的臺詞吐出口。
三人份的焦急、嫉妒混合在一起的緊張感，露骨地飄盪在仍然緊繃的桌面上。明明確實有這種感覺，但四個人都假裝沒發現。
「奈央小姐，妳一定要來參加我的婚禮喔。」
「當然了！那就拜託妳把捧花丟給我囉。」
如此回答的我，有好好露出笑容嗎？

那時候如果再多等一些時間，我現在會不會是一名家庭主婦？
工作結束以後，我在商店街上朝著角落美食走去，愣愣思考著。
現在雖然還不需要大衣，不過再過不久只披件外套大概就不太夠了吧。
不知何時已經步入秋天。
在微微開始昏黃的天空下，有許多帶著孩子走過商店街的女人。她們出來買晚餐正要回去。大家的年紀明明都跟我差不多，而且現在就走在我旁邊而已，但她們在人生遊戲盤上卻比我走到了更前面。小孩子澄澈的笑聲在耳邊大聲響起，聽起來卻非常遙遠。為了這種事情就感到煩躁，讓我覺得自己實在很惹人厭。

我不想獨自吃晚餐的時候，就會盡量早點結束工作，然後去角落美食。通常都會見到田上太太和丸山先生，運氣好的話餐廳廚師金子先生也會在，運氣不好的話就是嘴巴跟態度都很差的柿本先生也來了。最近有個女高中生加奈、還有看起來應該是喜歡加奈的純也同學也會來，所以氣氛很融洽。

勉強趕上了截止時間五點半，我猛力拉開不太順暢的大門，溜進了角落美食裡。

「哎呀，奈央，歡迎啊。」

丸山先生以他總是飄飄然的態度正握著籤棒，今天的成員是丸山先生、田上太太、加奈，還有一個不認識的高大青年。

「太好啦，勉強趕上。」

我趕緊加入抽籤圓圈，田上太太輕輕將我推向那名青年的方向。

「這位是今天第一次參加的一斗，他說自己是做音樂的。」

「啊，您好，我是三森奈央。奈良的奈、中央的央。」

「唔，我是數字一加上北斗七星的斗，一斗，請多多指教。」

做音樂的，不知道是不是彈吉他之類的呢？

他的肌膚似乎沒有維持得很好，但手指細長非常漂亮。看似有些懦弱的雙眼皮搭配了長長的睫毛，讓人覺得他應該是撥彈著那種相當細緻的曲子吧。

雖然看起來很年輕，不過實際上年紀應該比我大？

「啊，今天是我抽到值日生。丸山先生，可以教我怎麼烤魚嗎？」

才開始就抽中籤的加奈，一臉果斷地詢問丸山先生。在丸山先生的熱心指導下，加奈目前已經慢慢學習以味噌湯為起點的家庭菜色，接下來就是烤魚和燉煮料理了。說老實話這陣子，我的女子力似乎也已經輸給了高中生加奈。

「沒問題。那我們兩個人一起出去買材料吧，烤魚的食譜從選魚就開始了。」

「好的，我明白了。」

他們就像師徒一樣兩人一起出門了，留下田上太太、我和一斗。

「那麼你們兩個就先休息一下吧，我來分裝配菜。」

「不不，我也幫忙吧。」

一斗很快站起身、進了廚房。

我第一次進來這裡應該是三年前吧，還以為只是普通賣簡餐的店家而走了進來。結果突然就要從抽籤開始，害我手忙腳亂不知如何是好。就算現在已經了解這樣的流程，還是覺得這裡挺奇怪的。

那時候我才剛過三十歲沒多久，剛和男朋友分手。我非常消沉又寂寞，角落美食這個名字雖然很奇怪，但因為先前每天的心情都彷彿是一個人縮在角落一樣，反而覺得這個名字還挺有親切感的。

也就是說，我的角落美食史跟我沒有男朋友的時間是重疊的，已經三年都是獨自一人。我沒有拚了命地工作，就只是這樣一個不上不下的三十五歲人。已經不能稱為三十歲上下，而是進入了四十歲上下的階段。

「哇，是把搭配的根莖類切成塊狀的涼拌牛蒡嗎？這個有用麻油？醬油、味醂還有，該不會是還加了大蒜吧。」

吧檯那一頭一斗正努力吸著鼻子。

「哎呀，一斗你會做菜嗎？」

「是啊，我女朋友是完全不下廚的人，結果就變成我還挺擅長的。」

「——這樣啊，一斗你有女朋友啊。」

田上太太的聲音忽然低了八度，我依然在桌邊撐著臉頰，忍不住苦笑了一下。我看她果然是打算把一斗跟我湊成一對吧。

角落美食的潛規則之一就是不能夠過於插手大家個人的事情。聚集來此的陌生人們隨口聊些無關緊要的話題，吃了好吃的飯以後就結束。就像是容易入喉的焙茶那樣，大家維持著一種溫度適中的人際關係。

但是田上太太多半是天生愛管閒事的伯母，大概不管來這裡多久，她都沒辦法習慣這個場所中人與人的距離。雖然她應該是盡量忍耐著，但每次看到我的時候，那句「不打算結婚嗎？」簡直就已經要從她嘴裡冒出來了，不然就是刻意把女性雜誌放在桌上攤開來。而且大多是受男性歡迎的美甲特集、夏季會引人邀約的打扮、受異性歡迎特集的頁面。先前還相當刻意地翻開在「我們正在尋找結婚對象！」的頁面放在那裡，讓我實在是忍不住默默把雜誌闔上，推到桌子邊緣去。

「哎呀真是了不起，你幫她做三餐啊。」

田上太太誇張的嘆息飄了過來，看來一斗先生是相當奉獻心力的男朋友，為了挑食的女朋友而盡可能做這做那、準備各種蔬菜替換組合的菜色。

他們兩人似乎開始熱烈談論起配菜種類的事情，那些東西在我的耳裡完全就跟外國話沒兩樣。

即便如此，在晚餐時間的廚房裡——雖然不是家裡而是店家的——有人的聲音就讓人感到安心。我不擅長做菜卻還是常來這裡的原因，雖然不想承認，但其實就是因為我有些寂寞。來這裡一定會有其他人在，而且還可以一起吃飯，田上太太還知道我的聯絡方式，要是我突然不能來了搞不好她還會擔心我一個人死在房間裡，跑來探望我。

正當我覺得實在無所事事，打算幫兩人的忙而起身時，田上太太正好猛然抬起臉來，一臉相當開朗。然而她的臉頰其實緊繃得相當不自然，這是她那個慣例的「妳不結婚嗎」攻擊即將展開的訊號。

「奈央啊，我的包包裡有本姪女丟給我的雜誌。對我來說那雜誌太年輕了，妳要的話就拿去吧，等的時候可以看那本雜誌。」

「……謝謝您。」

就算我拒絕了，她也肯定會硬推給我，所以我最近都是毫不抵抗，總之先收下再說。

我抽起了那個在環保袋裡刻意露出頭來的雜誌，坐回椅子上攤出翻看的樣子。這是以三十幾歲的人為目標客群的流行雜誌，怎麼看都不像是田上太太那個大學生姪女會買的東西。膽戰心驚翻開那很明顯刻意折起來的頁面，猛然撞進眼裡的是螢光粉紅色的誇張標題。

「讀者模特兒[1]緊張刺激潛入結婚活動網站體驗！到結婚的最快捷徑！」

那是由相當大的搜尋網站主辦的結婚活動網站合作廣告。

近年來有很多網路聯誼或者聯誼聚會大受歡迎，所以我也知道這類服務。實際上也多多少少聽說過有人和透過網路上認識的對象結了婚之類的。雖然我也不是毫無興趣，但做到這種地步實在是讓人心生畏懼。

「如何？應該剛好是給奈央的吧？那雜誌像我這種老太婆實在不會看

1 原先是讀者自我推薦協助該雜誌拍攝照片的模特兒，後泛指沒有與公司簽約而自我推薦成為平面模特兒的人。

呢。」

如此刻意扭曲過的臺詞應該要這麼翻譯：

（妳看到婚活網站的頁面了吧？要看喔！然後記得要去看那個網站！）

「我帶回家慢慢看。」

正好這時候丸山先生和加奈回來了，田上太太的注意力馬上轉向了今天的菜單。總算能夠稍微放鬆，就在此時卻與一斗的眼睛對上。他微微一笑，因為不知道他在想什麼，我也只能曖昧地回了一個笑容。

廚房裡忽然就變得熱熱鬧鬧，加奈相當熟練地動起來，今天似乎是要把秋天剛上市的秋刀魚做成鹽烤。如今她不像是當初戰戰兢兢捏著一條魚的那女孩，而是一臉鎮定地開始處理起魚肚。而且在這之間她也沒忘了要顧著味噌湯，一聞到高湯飄出很棒的香氣，她馬上移動到瓦斯爐前關火。最近似乎還為了縮短時間之類的，會把柴魚片放進茶包袋裡面來萃取高湯，有這道手續的話就不必特地拿廚房紙巾再過濾一次了。

「明明還是高中生，手腳卻相當俐落呢。」

一斗不知何時已經回到桌邊，看著加奈的同時感嘆說著。

「就是說啊，她真的非常努力，一下子就進步了好多。」

一斗沒有回答，而是默默地站著。我實在不擅長應付沉默，不知道該聊什麼，只好稍微問一點私人的事情。

「對了，一斗先生你說自己是做音樂的對吧？所以是貝斯、吉他還是彈奏什麼樣的樂器呢？」

「啊，呃那個，我完全不會樂器。其實我是主唱。」

一斗搔了搔頭，臉頰有些羞紅。這麼容易害羞的人站在舞臺正中央唱歌的樣子，實在令人難以想像。

「啊，跟我的外型不合對吧？常有人這樣說。」

「怎麼會呢，比起我站在廚房裡要來得像回事。」

我一時焦急，回了句沒頭沒腦的話。一斗瞬間愣了一愣，表情變得嚴肅了些。

「沒有人不適合做菜的樣子啦。心裡想著吃這些菜的人去處理那些食材的樣子，絕對是非常美麗的。」

——怎麼，是崇尚性善說的人嗎？

我在做菜的時候，幾乎從來沒有想過什麼吃這些東西的人。腦袋裡只想著怎麼樣能夠輕鬆完成、如何才能從這個苦行當中獲得解放。

「啊，差不多該擦一擦桌子了對吧。」

一斗再次進入廚房，快手快腳挪動著身軀。我又一個人被孤零零丟下。

每次我只要來這裡就能夠多一點活力，但今天覺得有點難。莫非春菜要結婚這件事情，對我的打擊比我自己想的還要大嗎？

總覺得有些悲傷，慢吞吞裝好飯和味噌湯坐到桌邊。所有餐點都擺在桌上了，大家都坐下後，加奈雙手合十。

「開動囉。」

輕輕把筷子插入那帶著一些焦色的熱騰騰秋刀魚中，透過筷子就能感受到，穿過啪滋聲響的魚皮就是鬆鬆軟軟卻又相當結實的魚身。搭配淋了醬油的蘿蔔泥送進嘴裡，每年都是這個時候才能吃到的季節鮮味在嘴裡嘩地散了開來。稍微偏鹹的秋刀魚搭配白飯，更能突顯出其口味。

雖然想著晚上不要吃太多澱粉類的東西，但這實在很難不多添一碗白飯。今天田上太太偏偏又準備了我最喜歡的蔬菜切塊涼拌牛蒡。就是剛才一斗在問食譜的那個，甜甜鹹鹹的醬汁與滾刀切的蓮藕和牛蒡拌在一起，到底是要怎麼燉煮，才能讓這樣切成塊狀的根莖類蔬菜入味入得剛剛好呢？最神奇的是仍然保有一定的口感，這也和白飯相當對味，真是糟糕。

老實說這些菜也讓人非常想喝啤酒，不過角落美食不能拿酒類上桌也是大家心中的潛規則。

「大家覺得如何呢？」

加奈有些不安地環視著所有人。

「啊真抱歉，因為太好吃了我光顧著吃。」

「真的很好吃，烤得非常剛好。」

聽見師父丸山先生這麼表示，加奈也微笑著說：「太好了。」

喝了一口高湯口味明確的蘿蔔味噌湯喘口氣，不知何時身上已經微微冒汗。

「加奈想要用料理幫某個人加油打氣對吧，總覺得有這樣的感受。」

稍微放下筷子正在喝茶的一斗，那跟白米一樣白皙的臉龐笑得都皺了。

如此裝模作樣的褒獎，卻讓加奈臉都紅了。

「因為我外公很喜歡吃魚。」

雖然不知道詳細情況如何，不過加奈好像是跟她外公兩個人住。先前晚餐都是叫外送或者是買現成的熟菜，最近才開始由加奈下廚。

用料理幫某個人加油打氣啊。

腦海中浮現自己那個寧靜房間，裡面可稱之為生物的東西也就只有仙人掌，連忙把腦袋裡的東西刪除。

從這裡離開後，就得一個人度過夜晚了。平常都沒什麼問題的啊，今天怎麼覺得好像很不好過。

塞進嘴裡的秋刀魚有一點點沒清乾淨的魚肚，那微微的苦澀在嘴裡消散不去。

「我回來啦。」

就算這裡只有我獨居，打開大門的時候我還是會這麼喊。有時候也想著是不是該養隻貓之類的，但是貓和公寓對於單身者來說都是最危險的購物之一，所以目前也就是想想而已。

打開電燈後連忙把電視也打開。在煮熱水的時候換上家居服，打開洗衣機的夜間模式洗衣服。泡個無咖啡因的茶、坐在沙發上，唉聲嘆口氣。

愣愣地看著綜藝節目，沙發前矮桌上的手機抖動了起來，是美沙傳來的簡訊。我們從高中往來到現在，每次見面都是喝著酒感嘆彼此單身、互相抱怨公司。

不知為何我們遇到爛男人的機率都很高，所以聊天總是非常投機。這麼說來兩個月前喝酒的時候，她好像還感嘆說遇到的人好幾個似乎都有女朋友了。

好啦，所以她是被那時候的男朋友給甩了嗎？

真是的，又要整晚開安慰大會了嗎，一邊這麼想著打開了來訊內容。然而現實似乎就是打算把我推落十八層地獄，我一個字一個字讀下去，臉部肌肉明顯越來越僵硬。

「因為遇到對的人，我下個月要結婚了。我們是在一個月前才認識的，我自己也很驚訝居然進展如此之快。我想把他介紹給妳，有時間見個面嗎？」

「不會吧?!」

我幾乎是慘叫出聲，甚至蓋過了綜藝節目那放縱的大笑。總之先喝口茶。美沙的簡訊我不管看幾次，內容都還是一樣的，不是什麼謊言。先前還跟我報告說自己歷任男友簡直就是爛男人生態大全的那個美沙，看來是真的要結婚了。

我覺得全世界還單身的女人似乎只剩下我一個。

呃，這種時候應該是要獻上祝福對吧。

雖然我很想回覆她的訊息，指尖卻顫抖到無法好好打字。我漠然起身去冰箱拿了罐啤酒出來，仰頭灌了一大口。這叫我如何保持清醒，我喝了一口、又一口，然後頭暈腦脹地思考著回信內容。

不要拋棄我！妳騙人的吧?!不要啦，搞不好他也是爛男人耶，妳得好好確認啊。

自己的醜陋接二連三化為言語浮現腦海。

不是這樣吧，不是輸入非常恭喜妳五個字就好了嗎！

在我喝完一罐啤酒之後，洗衣機剛好停了下來，所以我去把衣服晾到浴室裡。一人份的衣服就算是兩天洗一次也還是很少。

我最後一次晾兩人份而不是兩天份的衣服，是什麼時候啊？

走出浴室回到房間的半路上，我竟然被亂丟的包包絆了一跤。

「好痛！」為了移開包包只好蹲下提起，居然挺重的。

對了，因為田上太太硬是塞給我那本雜誌。

站起來的瞬間身體輕飄飄地晃動著，在家喝酒輕鬆就能喝醉實在太棒了。

輕手把雜誌從包包裡拿出來，直接坐在地板上翻開那頁。還是那麼刺眼的粉紅色標題。這是有兩位讀者模特兒用非常簡單易懂的方式解說她們如何去註冊婚活網站，然後進展到約會的流程。

不過這種東西跟我一點關係也沒有，無論是多大的主辦單位，要我跟網路上不認識的人見面，實在太恐怖了。而且說了這麼多，其實我又不是已經完全沒有相遇的機會了。

正對自己咆哮著，猛然看見雜誌頁面正中間放大的黑色粗體字。

「三十後半的女性，五年後結婚的機率約為２％！」

２％——也太低了吧?!

就是有這種煽動女性不安來大肆獲利的市場，這根本只是一種威脅而已，絕對不能被騙。仔細看好了，這根本連數據來源是哪裡都沒寫。

即使如此，還是覺得全身血液上衝到腦袋。隨著這個氣勢，我又開了一罐啤酒。咕嘟咕嘟喝著，一回神才發現我一手拿著啤酒盤坐在矮桌前，正打開原先放在桌上的筆記型電腦。

我就看看而已。只是稍微看一下而已，畢竟這種東西跟我又沒關係。我只是現在稍微有點動搖、心靈比較脆弱而已——我甚至不知道自己在喃喃說些什麼，但是在電腦啟動幾秒後，我就連上了婚活網站首頁。

這個網站叫做「Ｑ網戀愛結婚」，刊載了許多男女相視微笑的照片。

首先似乎只需要登記電子信箱，馬上就可以瀏覽男性會員的資料了。如果只有註冊的話，也不需要繳交會員費用。

在獨居的屋子裡，抱持著隱人耳目的心情照步驟按下去。網站裡要取網名，稍微想了一下之後決定用「仙人掌」。

註冊完畢以後看了一下男性會員的檔案，真是令人驚訝。不管看幾次周遭根本都不存在的那種同年或者比自己稍長一些年紀的單身男性，在這裡隨地撿都有。個人資料欄上清清楚楚寫著職業種類、正職或兼差、大致的年收入等，這些見面時不好開口問的資訊。

這也太現實了吧——不過說起來應該也是很方便。

也有不少人放了自己的照片。把自己的長相公開給不特定多數人知道，這也太過不小心了吧？雖然不關我自己的事，還是不禁幫他們擔起心來。

根據步驟來做，接下來似乎就要填寫自己的個人檔案。

項目區分得頗為精細，輸入來到興趣及特長的項目，打字的手忽然停了下來。

仔細想想，自己似乎沒有能夠說是興趣或者特長的事情。煩惱了一下，不知為何腦中浮現了角落美食。

——那邊硬說是烹飪教室應該也不是不行吧？

趁著醉意，心想沒問題沒問題啦啪啪打字。

「我喜歡烹飪。」

哎呀，這點謊言應該是還好吧？接下來就沒遇到什麼困難，一路寫到最後。最後只需要按下確認鍵，就完成個人資料填寫了。正準備按下註冊鍵的時候，手指卻停了下來。因為我驚覺自己正要踏入婚活這個無法確定前方狀況的混沌世界當中。

看了眼手機，映入眼簾的是美沙傳來訊息的那個畫面。整個螢幕上就只有結婚兩個字特別清晰、閃閃亮亮浮了上來。

不管啦，按下去！

我閉上眼睛一咬牙按下了確認鍵。就在這瞬間我彷彿被婚活大浪沖走，兩手不禁用力握住了桌邊。

工作結束後，我正朝角落美食走去，午休的對話又浮現心頭。

「這就是傳說中的婚活漢堡排嗎？」

美久感嘆地看著那便當，春菜點點頭。

「沒錯，男人的胃通常只要靠漢堡排和咖哩就能抓住。」

春菜得意洋洋地說著，同時分給每人一個小小的手捏漢堡排。在她的催促聲中下筷，透明的肉汁溢了出來。鹽與胡椒的調味相當實在，風味甚佳、不用淋醬就很棒。肉質帶有巧妙的彈性、口感很好，就算冷掉了也還是很好吃。

「不需要太過細緻的料理。做一些感覺小孩子會喜歡的食物，他們就會很滿足了。咖哩啦、漢堡排之類的也可以掩飾自己沒有那麼擅長烹飪。太精緻的菜色反而可能會有反效果呢。喔對了，玄米還有健康飲食之類的是絕對不行。」

春菜的聲音在耳中迴盪。

路口的紅綠燈亮起綠燈，一旁響起了聽障者服務的喀更、喀更鳥叫聲，此時在我耳中聽到的都是結婚、結婚。

昨天雖然因為非常心焦而去註冊了婚活網站那種東西，但過了一個晚上卻又覺得實在是太蠢了而後悔不已。我打算今天晚上回家以後，就去註銷帳號。結婚的機會應該會更自然降臨的，我才不需要勉強自己去用什麼婚活網站那種網路服務啊。

腦海裡又猛然浮現田上太太那圓滾滾且毫無惡意的笑容。

要是她故意試探我婚活網站的事情要怎麼辦？

直直朝角落美食走去的腳步，頓時喪失了原先的速度。結果我在商店街正中間停了下來，不知道自己該往何處去。

今天還是別去了吧？

總覺得好累，正打算轉頭離開，卻看見商店街那一頭有個比別人高了一截的高瘦之人。

是昨天第一次來角落美食的一斗。

他似乎也發現我了，輕輕舉起右手然後走到我面前。

「奈央小姐對吧？妳今天也要去角落美食嗎？」

「呃不——我今天有點事，想說還是回家好了。」

一斗稍稍歪著頭低下來看我。

「這樣啊，那要不要一起走去車站？啊，還是妳就住在這附近？」

一斗沒有等我回答就跨步走出。但他的速度非常緩慢，我想大概是配合我吧。

「我家要再過去兩站。一斗先生你住這附近嗎？」

「不，我剛才是從打工的地方過來，公寓是在川崎那邊。等等是有 LIVE 表演，但完全在反方向。」

「你是真的有在做音樂啊？這麼說來，是什麼樣的音樂呢？」

一斗支支吾吾沒有正面回答我的問題。

「啊對不起，如果你不想說的話當沒聽見就可以了。」

「不，就是普通的流行音樂而已。」

「哇，我就覺得是這樣！因為你感覺就很溫柔，我想一定是那種療癒人心的樂團吧。」

「——呃，的確常有人這樣說。」

一斗微笑的感覺似乎有些尷尬。

是因為我們才剛認識沒多久，我就問了太深入的問題嗎？

「奈央小姐，這麼說來妳昨天是不是覺得有點困擾啊。田上太太是不是硬要塞給妳奇怪的雜誌？」

「啊，你看到了？」

一斗點點頭，雖然他看起來個性相當悠哉，但其實有好好觀察周遭呢。

「田上太太因為很擔心我，所以老是會給我一些刊載了婚活類特集的雜誌。我明明就不適合婚活之類的事，但她就是不肯放棄。」

我非常熱烈地向他敘述我們公司的派遣女性們所謂的女子力有多高、相較之下自己根本完全在婚活圈外之類的，總之都是些自虐的言論。說到我自己都難過了起來。

一斗被迫聽這些話肯定也很為難，我有點後悔地偷偷抬頭看旁邊，結果被他的視線逮個正著。

「妳知道所謂的言靈嗎？我在寫歌詞的時候都想著，話語有改變現實的力量。我覺得說出口的話語，應該也是一樣的。所以最好不要講太多那種欺負自己的話喔。」

我不知道該如何回應，一斗又馬上慌張道歉。

「啊真是抱歉，講這種話好像在說教。總之我想奈央小姐是沒有問題的。如果妳有在思考結婚的事情，那嘗試一下婚活應該也很好啊。」

我原先只是隨便找個聊天話題，但他很認真陪我講這件事情。一斗真是個老實的好人，我想他一定非常重視女朋友吧。

「對了！我送妳個好禮物。」

一斗忽然這麼說，然後抓起我的手大步走出。

「──啊？！」

「那邊的美妝店就有賣。」

那間我總是過門而不入、位於商店街上的連鎖美妝店，身為男性的一斗就這樣毫不遲疑地走進去。他站在Kesalan Patharan的貨架前，毫不遲疑地拿起一支粉紅色的口紅。

「這個最近很受女孩子歡迎喔，說是婚活口紅。」

你為什麼會知道這種事情啊?!

雖然我很想問，但嘴巴一張一闔、半個字也吐不出來。大概是察覺我的疑問，一斗指著賣場旁邊貼的手寫宣傳文字。

「雜誌《ＫＫ》也有介紹的人氣商品，光澤豔麗婚活口紅．晶亮粉紅色」

「我畢竟是玩樂團的嘛，還是會稍微化一點妝，所以有時候會過來這間店。我累積了不少點數，就用點數送給妳。」

他直接走向櫃檯，很快結完帳回到我旁邊。雖然我愣在原地，一斗還是把他剛剛才買下的婚活口紅硬是塞進我手裡，然後又歪著頭看我。

「講這種話實在很不好意思，不過妳化妝是不是都大概有化就好？」

「——是啊，真不好意思。」

確實我化妝很隨便，因為早上總是非常匆忙，所以只會快速化個最簡單的妝。腮紅跟眼影的顏色也從來沒換過。但被人刻意指出來，還是有點令人消沉。

走出店外，一斗低頭看著我。

「如果確定要跟人約會的話，妳的妝還是要稍微想想辦法喔。」

一斗溫和微笑著，而一隻烏鴉嘎地一聲從他頭上飛過。

回到家裡，我把他半強迫送給我的婚活口紅放在家裡那張茶几上，愣愣地看著。

結果一斗根本就是比田上太太還要多管閒事的人吧？

但是買條婚活口紅給昨天第一次見面的陌生人，這氣度也未免太大了一些。雖然我慌張地想拿錢給他，但一斗就是堅決不肯收錢，結果我們一路走到車站就這樣道別了。

他為什麼會這麼熱心幫我加油打氣，真是個謎。也許並沒有什麼深刻的理由，就只是對大家都很親切而已吧——

回家以後還要下廚實在很麻煩，所以我今天的晚餐是便利商店的便當。

買了個奶油蛋黃培根麵便當，愣愣看著電視上的綜藝節目，一邊發出乾笑聲、一邊窸窸窣窣吸著義大利麵。我不禁覺得自己的生態與其說是女性，更像是某種名叫單身者的生物。

婚活口紅那高雅的包裝，在見底的便當旁邊感覺似乎非常不搭調。

吃完便當喘口氣，手機收到了一封訊息。打開來一看，是昨天我一鼓作氣註冊的「Q網戀愛結婚」發來的通知郵件。

「有五名男性傳送郵件給仙人掌小姐。」

嚇得我馬上打開電腦，連向自己的個人頁面，的確有五封新郵件。點下其中一件，立刻跳出一個視窗。

「若要閱讀郵件，必須進行正式註冊。」

原來如此，沒付錢就沒辦法閱讀信件內容是吧。

靠在沙發上，房間裡一片死寂到空氣也往下沉。就連唯一的生物也就是那仙人掌，都孤零零又寂寞地佇立在小小的餐具架上。

猛然想起這麼說來昨天美沙傳給我的訊息，我根本就還沒回覆。連忙拿起手機傳訊息給她。

「美沙，真是太恭喜啦！務必讓我見見他！我很期待唷。」

雖然我還是對於美沙要結婚這件事情大感震撼，不過今天已經冷靜下來，在我波濤洶湧的心裡，確實還是有祝福美沙的心情。比起看見美沙不幸，當然還是看著她因為幸福而笑得甜蜜蜜才好啊。

她馬上就回我訊息。

「接下來就是奈央囉。我不是想讓妳更焦急，而是打從心底這麼想。我想妳也差不多可以忘掉那傢伙了吧？」

看見那傢伙三個字，我的確還是有所動搖。那久未碰觸的地方，究竟還是傷口，又或者已經成為疤痕了呢？連我自己都不是很肯定。

「謝謝妳，我會努力看看的。」

短短回了訊息，重新坐回電腦前。

說的也是，我也差不多該往前進了吧。

今天早上還想著要註銷的臨時帳號，到了晚上卻打算正式註冊完畢。只需要填寫信用卡號碼進去就好了，一個月兩千九百日幣。雖然覺得有點貴，但也不是付不起。就是這麼剛剛好的金額。

我馬上打開第一封郵件。

「我叫做宏人，妳好。因為看妳喜歡烹飪，所以我就發了這封訊息。方便的話我們是否可以聊個天？」

文字雖然簡單卻非常俐落，我看了一下他的個人檔案。他在理想對象上寫了「顧家的女性」，這讓人有點失去興致，不過他放的臉部照片看起來是個溫柔又認真的人。下一個人傳來的內容一看就是打算玩玩，另一個人則跟我差了十五歲之多，感覺實在是沒辦法提起興趣。還有一個人，講起來很抱歉，但他的臉完全不是我的菜。

光靠著對方幾句話和簡單的個人檔案給人的印象來判斷，我忽然開始覺得自己又算是什麼一號人物了嗎？但第一印象並非口說無憑、又不能視而不見，而且他們恐怕也是以相同目光審視我的吧。

我和他們都是被刊登在婚活目錄上的商品，如今就是連老公老婆都能從網路目錄上選擇的時代。

最後打開了第五個人的訊息。

「給仙人掌小姐，妳好。我註冊的時候也用了仙人掌這個名字，所以實在忍不住發個訊息給妳。該不會妳的房間裡有仙人掌吧（笑）？我家這棵是迷你仙人掌。仙人掌上。」

我忍不住笑了出來，連往自稱仙人掌的這位男性個人檔案，他也有好好上傳照片。是有著紅帽子般花朵的迷你仙人掌近照，還有一張朝著鏡頭笑得非常燦爛的青年臉部照片。

感覺是個可愛的人呢。

但仔細閱讀個人檔案卻讓我喪氣無比，他的理想對象欄位清清楚楚寫著「擅長烹調的人」。而且他自己似乎也會烹飪，在特長和興趣欄位那裡寫著「男人的料理」。

唉。忍不住大大嘆了口氣，為什麼不管是哪個男性，都要找什麼顧家的人、擅長烹飪的人啊。

稍微思考了一下，決定回覆一開始的宏人先生還有仙人掌先生的訊息。對另外三人雖然有些抱歉，但我還是按下拒絕按鈕。這樣系統好像就會幫忙傳一個固定內容的拒絕信件給對方了。

「宏人先生，謝謝您傳訊息給我。烹飪方面我不能算是擅長，雖然不太行但還是喜歡做。宏人先生喜歡什麼樣的料理呢？」

其實我甚至不能說是喜歡，就是圖個話題而已。

「給仙人掌先生，您好。猜對啦！我家也有迷你仙人掌，但是沒有開花。能開出漂亮的花真的很厲害呢。　仙人掌上。」

給仙人掌先生的訊息總之還是別接觸到烹飪的問題好了。

把訊息傳給兩個人以後，仙人掌先生秒回我的訊息，嚇得我幾乎從沙發上跳起來。

「給仙人掌小姐，我很喜歡照顧人或東西，也很喜歡做菜。不過畢竟是男人做的料理，都很隨便啦（笑）仙人掌小姐的興趣也是烹飪對吧？有擅長什麼菜色嗎？　仙人掌上。」

真糟糕。哪有什麼擅長啊，只有在角落美食被抽到值日生的時候會硬做幾樣而已。沒來由地站起來在房間裡兜起圈子，思考著該怎麼回覆訊息。映入眼簾的是一如往常靜靜站在一邊的迷你仙人掌。

腦中突然冒出春菜的聲音。

——男人的胃通常只要靠漢堡排和咖哩就能抓住。

畢竟是大獲成功的人說的話，我想應該是真的吧。

我連忙回到電腦前端正坐姿，開始輸入訊息。為了避免多說多錯，我盡量寫得簡潔一點。

「給仙人掌先生，我擅長做咖哩與漢堡排。　仙人掌」

說謊雖然有點心痛，不過只要在接下來的時間好好練習，謊言也會變真話。哎呀而且也不一定就真的會跟仙人掌先生見面啊。

正當我喃喃說服自己，對方馬上又回了我訊息。

「給仙人掌小姐，兩個基本款耶，真棒！都是我愛吃的東西。我明天需要早起，所以該去睡覺了。晚安。　仙人掌」

「給仙人掌先生，我也該去洗澡睡覺了，晚安。」

稍微等了一下，對方沒有繼續回我訊息，所以我就直接關了電腦。

「晚安啊。」

好久沒有聽見或說出這句話。

刷了牙鑽進被窩裡，總是不容易入睡的我，不知為何今天很快就失去意識。

「噁，今天是妳負責喔。」

柿本先生一臉嫌棄，他那深刻的皺紋都往臉中間擠，看起來更難看了。

「真是遺憾啊。」

我也故意把臉皺給他看，他嘖了一聲就回到桌邊用力坐下。

「妳不會做菜又不可愛，沒人要娶喔。就不能乖巧一點嗎？」

柿本先生叼著牙籤翻開賽馬報。

你才是沒有人要嫁吧?!

硬是壓下到嘴邊的話，準備出去買東西。今天的成員是丸山先生、一斗、還有純也跟加奈。田上太太沒來讓我鬆了口氣，不過這樣配菜就變少了又有點尷尬。

哎呀，我想丸山先生應該還是會幫一下忙吧。

丸山先生好像有個會好好做飯給他吃的老婆，卻常常來角落美食這裡，還能手腳俐落地做很多小東西。而且有很多是偏西餐類的菜色，不管是哪道都很好吃，裝盤也都非常美觀。

也許是我的想法表現出來了，丸山先生確認了一下冰箱之後走進廚房。

「奈央啊，我會做一道沙拉還是什麼小菜之類的，妳今天打算做什麼？」

太好啦！我忍不住微笑著，然後發表我的目標。

「喔，我打算做漢堡排。」

既然說自己擅長做漢堡排，那我還是練習一下吧。

「太棒啦。我超愛漢堡排的。」

純也很有男生樣子地比了個勝利姿勢。加奈則說：「我也來幫忙做小菜。」然後湊到丸山先生那邊。

「欸欸，沒問題嗎？妳上次做漢堡排根本就是焦炭好嗎？」

柿本先生從報紙後抬起頭來抱怨。畢竟他說的是實話，我也無可反駁。那個東西別說是婚活漢堡排了，說是殺人漢堡排可能比較接近真相。

「都做第二次了，應該沒問題吧。」

丸山先生說了句不知道算是幫我還是給我壓力的話。

「反、反正我先去買東西囉。」

我逃也似的離開角落美食，結果一斗馬上追在我身後過來。

「我也一起去吧。」

「哎呀不用啊，我自己去沒問題的。」

「我知道妳自己去也沒問題，只是想問問昨天聊的事情啊。婚活網站有進展嗎？」

「喔，那個啊，就——是有註冊了，開始跟人傳訊息。」

「喔？這麼快就傳訊息不錯啊。那麼感覺如何呢？」

我們走進旁邊的超市，一邊挑選漢堡排用的絞肉，同時三言兩語說著我昨晚跟人的對話。

「感覺兩個人應該都不錯啊——啊，絞肉這樣量應該不太夠耶，最好是再買一包。」

這裡也有個會烹飪的男人。

「希望妳能找到個好對象。」

他說話的語氣就好像我是他的多年老友那種感覺，我忍不住開口詢問。

「你為什麼這麼擔心我？我們才剛認識耶。」

一斗忽然定格了一下，然後說出令人意外的發言。

「——其實我也算是婚活中。」

「咦？可是你不是有女朋友嗎？」

「是啊，我是在思考跟她求婚的事情。所以看到奈央小姐，我實在是沒辦法置身事外，就是一心覺得我們是夥伴那種感覺。真不好意思，我這種大叔忽然送妳什麼婚活口紅之類的，感覺很詭異對吧。」

「啊，沒有啦。不過，原來是這樣啊。」

總算是知道原因何在。我想多半也是因為他本來個性就非常溫柔，又因為看到一樣都是想結婚的夥伴就更覺得應該要支持一下吧。

不過，都要跟女朋友求婚了，一斗的婚活已經走到最後階段了呢。跟我這個連對象都不知道在哪裡的人完全處在不同的舞臺上。而且他似乎也很會做菜，從昨天的口吻看來他應該也是會化妝的。

我的老婆技能比男性還要低，這問題挺嚴重的呢——

買完所有材料，在回去角落美食的路上，一斗也繼續指導我在婚活方面烹飪的手腕有多麼重要。

「漢堡排跟咖哩的確是必需的。不過如果能夠隨手做日式小菜，或者是把剩下的東西做成一道新的菜色，這種情況的分數會比較高喔。」

「那對我來說太難了啦。」

「沒問題的，畢竟比起很會做菜的人來說，雖然不太擅長但肯為了自己而努力的人，會看起來比較可愛呀。像是因為切菜而不小心弄傷，包了ＯＫ繃之類的，其實還滿讓人心動的喔。」

這根本只是你個人喜好吧。

回到角落美食，我捲起袖子站進廚房。看見我前所未見如此拚命的樣子，柿本先生一臉嫌棄地望了過來。

「我可不想吃焦炭啊。」

丸山先生已經用先前剩下來的茄子和番茄做了一道普羅旺斯雜燴。

「丸山先生還是一樣做相當時髦的菜色呢。」

一般的五十幾歲男性，應該不可能短時間內就做什麼普羅旺斯雜燴吧。

「這只是基本的常備菜啦。」

說的也是喔——前後左右都是那麼會做菜的人，我再次定下心來，翻開了角落美食的食譜。食譜筆記本的食譜上，主菜依序分為肉類、魚類然後是蔬菜類，後面是配菜的食譜。漢堡排是肉類主菜當中排在最前面一頁的菜色。

一邊先準備味噌湯要用的高湯，順便讀一下食譜。

大致上就是捏成圓形然後煎，不就只有這樣嗎？

我努力為自己加油打氣，馬上準備要把洋蔥剁碎。就在這瞬間，一斗在我背後發出了小小聲的尖叫。

「奈央小姐，手指！手指要縮起來啦。」

「啊，喔，對喔。」

每次丸山先生都會提醒我，但我總是忘記。把左手的手指都從第二個關節彎起，慢慢往左移動開始下刀。

咚……咚……咚……嗡——

為了避免受傷，我盡可能慎重地下刀。

「雖然每次都是這樣，不過這還真是比一些不好看的懸疑片還要讓人緊張呢。」

丸山先生的聲音讓我整個人都消沉了下去，不過還是撐著切完了縱向。

我的眼睛已經淚汪汪，眼淚也掉了下來。接下來就是換個方向切，這樣就變比較小塊了。然後用菜刀前端在砧板上縱向來回移動，讓洋蔥變得更細碎。

剁碎和切扇形等基本上的烹調步驟，在食譜筆記本的最後面有類似附錄的東西，是手繪插圖的圖解說明。像我這種烹飪白癡勉強能夠學會要怎麼剁碎東西，也是靠那個簡單易懂的說明。

把洋蔥炒好等放涼的時間，我再次翻閱食譜筆記本，複習之後的步驟。

將冰箱裡已經放涼的炒洋蔥和絞肉都放進大缽裡，加上鹽、胡椒、太白粉、麵包粉和肉豆蔻各自需要的量進去。

好，沒問題。

「喂喂，怎麼連煎的聲音都還沒聽到啊？拖拖拉拉地做，末班電車都要走啦。」

「請您再稍候一會兒。」

我用非常不悅的聲音回答，柿本先生也只能不爽地哼了一聲，再次把視線轉回賽馬報上。就連那麼惹人討厭的大叔做菜都比我好上千百倍，就算沒有洋蔥我也很想哭。

洋蔥雖然還留有一點熱度，不過也算是涼了，從冰箱裡拿出來以後就放進大缽裡跟所有材料會合，開始用手捏揉。手沾上黏答答的絞肉感覺好噁心。有這樣的黏度，應該就可以了吧。

揉好材料以後，開始左右手互相拋接做成一個圓球形。這樣一來聽說能夠去除裡面的空氣，煎的時候就不容易裂開，也比較容易平均加熱。正打算開平底鍋來煎，這才猛然想起我剛才有準備味噌湯的高湯。

——糟了！

轉頭一看瓦斯爐，不知為何已經有一鍋配料是蔥和油豆腐的味噌湯成品在那裡。

「啊，因為我正好閒著，就自己做了。」

加奈注意到我的視線，一臉抱歉地縮起脖子。

「真是幫了大忙，謝囉。」

在平底鍋中抹油加熱，終於要來煎漢堡排了。上次煎過頭，變成柿本先生說的一團焦炭。再上一次完全無法維持形狀，根本就變成炒絞肉。這是第三次了，老實說我希望今天能煎好。

熱了油的平底鍋上，我盡可能擺滿捏成中間有些凹陷的圓餅狀漢堡排。隨著感覺很不錯的小小咻滋聲，一道香氣竄進鼻腔裡。

哎呀，我也能做到的嘛。

然而就是那個但是，不知道是哪個步驟弄錯了，我照著食譜去做的漢堡排，竟然在翻面的時候一個個失去原有的形狀。

在我忍不住大叫著「啊啊！」的同時，柿本先生帶著嘲笑的聲音抗議：

「欸欸，饒了我吧。人可不是肚子餓了就真的什麼東西都會覺得好吃耶。」

「哎呀，看來這次也是沒揉夠喔。」

丸山先生並沒有責備我，只是點出了事實。因為完全無法反駁，反而更加刺入心頭。

「漢堡排好難喔。」

加奈看著平底鍋發出了相當同情的聲音，我終於整個人被擊沉了。

「開動囉。」

在我毫無力氣地說完後，大家一起用筷子夾起了原本應該要做成橢圓形的漢堡排碎片。全都變成拼圖片般缺損的形狀，看起來幾乎不像是食物。

我輕輕夾起一口這不肖子試試口味。

「這漢堡排還真硬啊。」

柿本先生說出口的感想跟我自己一樣，就連淋在上面的醬汁都是種頗為令人感到遺憾的味道。伍斯特醬、番茄醬和肉汁混合著微焦的苦澀，敲響了讓舌頭感到煩躁的不和諧音樂。

「是嗎？我覺得很好吃啊。」

這天使般的感想來自純也，一看他，就連這種假裝成漢堡排的東西，他也一下子就吃掉一半以上。

「你根本沒吃過好吃的東西吧。」

柿本先生一臉錯愕。

「柿本先生好過分喔，雖然看起來是不怎麼樣了點，但很好吃啊。」

「——純也你不要勉強啦，的確是有點、有點太硬了跟橡膠沒兩樣。雖然我真的是按照食譜筆記本去做的就是了。」

我回答的聲音相當不中用，純也並沒有再多說些什麼。就連一斗和溫柔的加奈也都只是默默地吃著，與其說是在享用食物，看起來更像是機械在粉碎某些東西。

唯一的救贖就是丸山先生幫忙做的普羅旺斯雜燴，不知道他是不是早就預料到這種情況，以配菜來說他做的量多了點，似乎還留有大家都能多添一份的量。

橄欖油和少許的大蒜與香草香氣，令人食指大動的普羅旺斯雜燴，裡面煮到入口即化的茄子、甜椒和菇類的鮮味與番茄醬相當對味，這種美味程度就算拿到店裡賣也沒有問題。酸味也恰到好處非常柔和，蔬菜含在嘴裡的時候還有些許柑橘風味更令人大感驚訝。

看我眼睛都睜大了，丸山先生臉上浮現有些惡作劇的笑容。

「秘密提味是我最近很喜歡的香味橄欖油。應該可以吃出來柑橘的風味吧。哎呀不過會覺得這個口味好吃，得是在夏天的時候呢。現在已經九月了，是道惋惜著夏季遠離的普羅旺斯雜燴。」

「丸山先生明明今天不負責下廚，真是不好意思。而且漢堡排也變成這樣。」

「不，沒關係啊。烹飪本來就是很講手上感覺的。就算是照著食譜筆記本去做，也不一定所有人都能做出同樣的口味。只能多做幾次啦。」

「是嗎？有好好看那個筆記本、忠實重現的話，應該還是能做到一定程度的吧。所以才會規定要盡可能照著食譜做不是嗎。」

柿本先生講話比平常還要惡毒。他自己老是無視規則，對我做出來的料理拚命抱怨，卻要求別人應該要遵守規則，這我實在是很難接受。

不過我做出來的菜非常難吃，這也是再明白不過的事實。我只能緊閉嘴巴。

「這麼說來，那本食譜筆記本是誰寫的呢？感覺已經很老舊了耶。」

或許是為了改變話題吧，一斗把疑問拋在桌上。

丸山先生放下湯碗摸了摸下巴。

「這個嘛，還真的是沒人知道。我來這裡的時候就已經擺著了。那筆記本怎麼了嗎？」

「唔，之前我稍微翻一下的時候在想說——這本筆記本，感覺很愛講話呢。」

「啥啊好噁心，筆記本怎麼可能講話。」

柿本先生隨口打發著，一斗卻非常平穩地接下去繼續說。

「是沒錯啦，但感覺那並不是為了自己而寫的筆記，似乎是為了要傳給某個人而留下來的筆記本——不是寫成條列式的內容，而是用口語寫下來的，還有加對話框補充訣竅，手畫的插圖也相當豐富。」

「原來如此，的確是那樣呢。」

點頭回應的丸山先生，盤子裡的漢堡排確實有在消失，不過不留下任何食物只是丸山先生的宗旨，絕對不表示他滿意這個味道。

「要我再多推測的話，寫那本筆記本的人，我想應該是非常忙碌的女性。」

「那又是什麼意思？」

聽了一斗的話，丸山先生回問著。

「因為我覺得這些食譜都在能夠盡快做完這方面刻意下了工夫。經常使用微波爐，註記還寫著做高湯的時候可以利用茶包袋這類小秘訣之類的。」

「——原來如此。現在市面上是已經有做成一小包可以直接用來煮高湯的商品，不過我想那本筆記本應該更老舊，在寫食譜的時候還沒有那種東西。」

丸山先生相當同意地點點頭。

「的確我老媽還在工作的時候，也經常用什麼速成類的簡化步驟。」

純也已經把漢堡吃完了，但氣勢彷彿是要把鍋子裡剩下的普羅旺斯雜燴也都清空。不過感覺就算都吃完了他也還沒吃飽。

「大家難道不覺得，可能是忙著照顧孩子的家庭主婦，或者是有工作的女性，拚命想著怎麼樣才能有效率又做出好吃飯菜，抱著這種念頭寫出來的食譜嗎？」

一斗的視線射向了放在廚房裡的食譜筆記本。

「嘖，講那麼好聽幹嘛。」

柿本先生擺出一副真是澀柿子的表情喝著茶，漢堡排還剩了大概一半以上。雖然這讓我打擊很大，不過這應該是最老實的反應吧。

大家聊著角落美食的謎團，而我自己則在一邊越來越消沉。

我只能悄悄地垂下肩膀，拚命啃咬著橡膠味的漢堡排。

漢堡排燒焦的苦澀就這樣留在嘴裡跟著我回家。

整理著錢包裡不需要的收據時，掉出來一張票券。是剛剛我要從角落美食離開的時候，純也硬是塞給我的東西。好像是什麼他高中同學參加的樂團之類的演出門票，一定得要發出多少張才行之類的。然後純也就被硬塞了門票。

「明天實在太突然啦，而且我一個人拿這麼多張也沒有用，反正不用花錢，妳可以幫忙收下一張嗎？」

這好像是會有好幾組樂團一起開的演唱會，門票上用相當驚悚的文字寫著「惡魔之夜～祭品之夜」。從門票散發出來的氣氛看來，肯定都是死亡金屬系的樂團吧。

「謝、謝謝。那我就收下囉。」

雖然接過了票，但我沒打算要去。正想丟進垃圾桶，又轉念一想。

這麼說來我有個同事好像是喜歡死金音樂的人，雖然我不知道他會不會想去，不過我就把票讓給他好了。

在矮桌前端正坐好、打開電腦，就當是減少我面對沉默的時間，或許註冊婚活網站也能算是有好處吧。

仙人掌先生和宏人先生都回了訊息給我。

我先打開了仙人掌先生的訊息。

「給仙人掌小姐，晚安。您一天辛苦了，我在出差地福井打這封訊息。雖然仙人掌一兩天沒澆水不會怎麼樣，但不費工夫這點倒也是挺令人寂寞的呢（笑）我的工作是業務，會到全國各地去銷售我們公司的商品。雖然能夠享用各地名產非常開心，但一直吃外食就會忍不住想自己下廚。或許我上輩子是個女性吧。仙人掌小姐的工作是什麼呢？　仙人掌上。」

原來他是業務啊，我記得他說過自己是在食品商上班對吧。

應該真的是對於食物敏銳度很高的人吧。就算離家都還是想念廚房，簡直是我到死都不會發生的事情。回想起今天漢堡排的樣子，我越來越沒自信了。即使如此，整封訊息那種平穩流暢的幽默氣氛，還是相當勾動人心。

喝一口剛才泡的奶茶，我開始回起訊息。

「給仙人掌先生，出差辛苦了。你現在在福井啊，在全國各地奔走感覺真是辛苦，不過能夠吃到各種名產還是讓我有點羨慕。

我的工作是一般行政人員，雖然頗擅長使用Excel，可惜沒辦法應用在料理上。希望你能在福井吃到好吃的東西。　仙人掌上。」

回完訊息以後，我打開了宏人先生的那封。

「晚安，我是宏人，謝謝妳回覆我訊息。我喜歡的菜色是烤肉之類的，還有咖哩跟漢堡排。仙人掌小姐很擅長做咖哩跟漢堡排嗎？　宏人」

還是一樣相當簡單的內容。

話說回來，我忍不住對於婚活獵人春菜的慧眼感到相當驚訝。還真的是只要有咖哩跟漢堡排就夠了呢。

「宏人先生晚安，我是仙人掌。漢堡排不能算是太擅長，不過我還是會做。宏人先生自己會下廚嗎？　仙人掌」

我沒有說謊。接下來打開的是系統發送的訊息，寫著為了宣傳自己，請刊登個人檔案照片。

果然還是要放照片比較好嗎？不過男性也就算了，女性要把自己的臉部照片公開給不特定多數人，感覺還是有點可怕。

正當我在猶豫的時候，仙人掌先生已經回了我訊息。

「給仙人掌小姐，妳擅長用 Excel 啊。我到現在也還是覺得不太會用，不過工作上也經常需要使用。福井的螃蟹真的很好吃呢，就算不調味也可以直接享用。我覺得食物真的是只要切一切烤一烤，味道就是最棒的了。調味會那麼複雜，是不是在不容易維持鮮度的內陸才發展出來的呢？這樣講起來好像我是個貪吃鬼（笑）方便的話等我出差回來以後，要不要一起去吃點好吃的東西聊聊天呢？仙人掌上。」

「啊嘿?!」讀到最後一行，我頓時發出了詭異的聲音。我們才訊息聊天幾次而已，就要見面了嗎？畢竟又不知道對方是什麼樣的人，還是再多聊聊比較安心啊。雖然我覺得仙人掌先生還滿親切的，但忽然這麼直接的邀約還是讓我覺得裹足不前，而且莫名地有些生氣。

根本不用這麼著急吧，單純這樣訊息往來也很開心啊——

而且今天晚上宏人先生也馬上就回我訊息了。

「我是宏人，謝謝妳回我訊息。我沒怎麼下廚呢。對了，妳的照片是設定成沒有公開嗎？方便的話能讓我看看嗎？這樣我傳訊息的時候也比較好想像妳的樣子。請傳到以下信箱 hiroto@suikamail.com」

宏人先生也有點過界了——

雖然我掙扎了一下，不過還是把自己的照片傳給了宏人先生。

畢竟宏人先生有公開他的照片，我當然也看到了。但是宏人先生卻沒辦法看到我的照片，總覺得這樣好像有點不公平。哎呀反正又不是什麼多特別的臉，而且不是一對多只是單純的一對一也還算安心吧。說起來跟完全不知道長什麼樣子的人傳訊息，可能會有種在跟無臉鬼對話的感覺吧。

不過就跟仙人掌先生的邀約一樣，要跟他們當面聊天實在太過唐突了。

我不知道該怎麼回覆他，只好直接關上電腦。

第二天早上去上班的時候，最糟的相遇就在那裡等著我。我搭的電梯在中間停下，一張我熟悉的面孔走了進來。

我們兩人都暫停了一次呼吸，然後他略略低下頭。我也毫無反應地低下頭，然後就把視線集中在地板上，專心一意等著對方離開電梯。我想他的目的地應該是比我低兩層樓的那層。

「還好嗎？」

那有些沙啞的低音將我的心臟扭了一把。

雖然我想回答些什麼卻辦不到，結果變成無視他的問話。

我就只是堅持盯著地板。

直到聽見電子聲念著我該出去的樓層數字，這才終於抬起頭來，電梯裡早就沒有其他人了。

也許一天的開始就遇到壞事，表示那天是受了詛咒。

我剛進女廁隔間，就聽見春菜她們的聲音。那尖銳的音調蘊含著女性攻擊獵物時特有的殘酷荊棘。

「欸欸，妳們知道嗎？聽說奈央小姐的前男友，要跟櫃檯的派遣員工結婚囉。」

猛然一根大刺戳往我的腹部。

早上走進電梯裡的，就是我的前男友。他原先是我同部門的前輩，我們還在交往的時候，他就腳踏兩條船跟櫃檯的派遣女生交往，因為這樣我們就分手了。

——結婚、結婚的，太沉重了啦。我根本還沒有那個打算啊。

說著這種話揚長而去的他，要結婚了。

原先沉澱在心底的汙泥再次被翻攪，咕嘟咕嘟地全都開始浮了上來。也託此之福，我的意識有些不太清晰，無法看清自己的心情。

「哎呀，一般的男人當然會選擇那個櫃檯女生而不是前輩吧。畢竟她沒有半點女生該有的能力啊。」

「咦？可是她的便當不是也做得挺好的嗎？」

「才不是咧，其實我知道——」

春菜壓低了聲音。

「不會吧?!那是請熟菜店裝的菜?!」

被發現了——

派遣員工們的笑聲在門後轟然。

因為實在太過滑稽，就連當事者我本人都不禁輕聲發笑。

聽說是我的便當有一天跟春菜的男朋友拍照傳給她看的便當完全一樣，

她非常驚訝地問了，才知道男朋友是請熟菜店幫忙裝的便當。如果只有某天一樣的話或許只是偶然，但是第二天、第三天，之後……我的便當和他的便當也永遠都是一模一樣。

當然了，我和春菜的男朋友大概是每天早上一起在那間熟菜店排隊的人吧——

畢竟自己說了謊，那麼遭受嘲笑也是自找的。雖然心裡是這麼想，但聽見派遣女孩們輕蔑的聲音，還是讓心情越來越消沉。

「奈央前輩實在讓人看不下去耶。」

「這樣下去應該沒辦法結婚，大概就會變成賴在公司不走的老女人。哎呀我也得小心點呢。」

她們三人有說有笑地離開。

我依然愣在隔間裡一動也不動，午休時間就這樣結束了。

我的心情一樣沉在谷底，但硬是把下午的工作乖乖做完了。因為我不是派遣員工，我是正職人員。我和那些女孩不一樣。我就這樣緊緊抓住自己微小不已的自尊心，在辦公椅上坐到下班那一刻，就連跟春菜她們往來的時候也……雖然很難說是一模一樣，態度上多少是有些低落。

好不容易到了下班時間，我幾乎是飛奔離開公司。

在我頭上非常遙遠的鬈積雲，彷彿高高俯看著下方，往一旁流動著，在陽光照射下顯得那麼美麗。現在甚至還不能說是傍晚，畢竟才過五點，雖然可以趕上角落美食的報到時間，但我也不是很想過去。

漫無目的走著，腦海中浮現的是自從想結婚以後開始交往的男朋友們。

二十歲後半交到的男朋友，老是跟我抱怨工作的事情，說是對於將來很茫然所以還不考慮結婚。三十歲時的男朋友一直在追逐他的夢想，一臉陶然地表示結婚和他的夢想無法同時成立。之後那個年紀比我小的根本就是小白臉，約會錢也是我付、他說想要什麼我都雙手奉上，一回神他早就不見了。接下來就是最後那個男朋友，說什麼他根本不想結婚，結果去找了櫃檯女孩結婚。

妳是認真在思考結婚的嗎？

我不禁回想起幾個無可奈何詢問我的朋友。

但那時候我根本無法了解。不管是哪個男朋友，我都覺得他們就是能夠順利掌握我人生的方向盤，將我引導到某個溫暖場所的人。

不知何時我已經走超過了地下鐵車站，來到大馬路口。

我想去個沒去過的地方，不過這種心情也許可以說是想要成為不是自己的某個人吧。

我再次仰望天空，那鬈積雲彷彿要前往大海，正悠悠然地往西邊前進。

此時一張紙片浮現心頭。

隨著結婚、結婚的聲音，所有人一起踏上了馬路。而我仍站在原地，從包包裡拿出那張紙片。原先想著要給同事，但完全被我忘掉的票券——

「惡魔之夜～祭品之夜」

我想去的應該就是這裡了吧。

搭車轉車，在小田急線的某個站下了車。這裡相當受到學生和ＯＬ歡迎，一整排都是雜貨和二手服裝的店家，也經常舉辦戲劇和演唱會之類的活動。

路上走過的人們臉上都是一副最遠只想到明天的事情，跟剛才看見的鬈積雲非常相似。這裡和整齊的辦公大樓或當地人才會留意的商店街不同，不管走到哪裡都有香菸的氣味。平常我一定覺得很不舒服，不過這正適合今天的心情。

從車站出來直直穿過雜亂無章的道路，右轉進更為狹窄的巷子裡，前方就是那間 LIVE HOUSE。

就只有這巷子裡，陰暗得彷彿夜晚提早降臨。不，更正確來說根本就是黑暗。穿得全身黑漆漆的人們四下群聚，到處都是裊裊香菸氣味，每個人都笑得如此恐怖，好像在比賽誰比較邪惡。

——但是那又如何呢？我的心裡現在黑到絕不輸給他們的服裝，尖銳得比他們服裝上那凸出的裝飾還更刺人。

Black is beautiful.[2] 雖然我想應該不是這個意思吧。

用力將氣息從鼻子噴出，我有些強硬地推開他們走進去。辦公室風格的上衣和裙子，很明顯與此地格格不入。

2 二十世紀由非裔美國人在美國發起的一場文化運動，之後推廣到全世界，是黑人運動的一環。

從入口往下走，遞出門票。接過一張飲料券，推開那油漆斑駁的黑色厚重門板。

在那瞬間我就被包裹在音響以大音量釋放出來的死金重低音裡，感覺是在吼叫些什麼，但完全聽不懂內容。舞臺上還沒有人。

大概在五、六年前，因為有喜歡的歌手，所以我很常來這種小型演唱會場地。那時候一起聽演唱會的朋友們，一個、兩個都有了家庭，我實在不想一個人來聽演唱會，不知不覺也就沒再來這種地方。

我跟吧檯拿了琴酒，馬上喝完又要了第二杯。正當我喝完第三杯要去點第四杯的時候，演唱會終於開始了。第一個上臺的樂團，好像是叫死神安息日之類的吧。

音樂如大刀劈來般推向我，用力搖晃著我那已經跑滿酒精的腦袋和胸口。主唱的臉化了白塗妝，眼睛周圍和嘴巴妝點成黑色的，不知看向何處在大喊著。

死亡、夢、無限，我就只能聽到這些關鍵字。不過這樣也夠了，暴力作響的鼓聲、掙扎打滾般的吉他、敲敲打打的貝斯。這世界上的一切都是不協調的聲音，戀愛什麼的根本就是汙染心靈環境，男人之類的就是惡魔的使者，而我就是婚活界的垃圾而已。真想沉溺在酒精海中，漂流到沒有婚活的世界！

「哇啊啊啊啊啊啊啊啊——」

就像是要跟主唱共鳴，我拚命大叫、大叫、亂叫一通。就在我叫到聲嘶力竭的時候，視線突然跟主唱對上。

專心一意大叫歌詞的他，眼睛忽然睜大，這該不會是我的錯覺吧？

不，我想應該不是錯覺。

那個傻愣又天真的表情，總覺得在哪裡見過。而且還是最近才新見過的面孔。

——不會吧，可是……

再次看向那以恐怖表情大叫的主唱白色臉龐，在腦中調回膚色，順便試著把眼睛和嘴巴周圍化的黑色妝容也清掉。

果然我認識這個人。

他，這個在我眼前不斷吐出我聽不懂的歌詞的人，是一斗。

——我在普通的流行樂團當主唱。

害羞微笑的一斗面孔，在我腦袋裡緩緩裂成碎片。

「我說了謊，真的非常抱歉。我實在不知道應該要怎麼說明。」

一斗說話的聲音相當膽怯。

這裡是比 LIVE HOUSE 距離車站更遠一點的小公園，我和一斗都坐在鞦韆上。演唱會結束後我正要回去，忽然有人從背後一把抓住我的手。

一斗已經卸掉那個惡魔般的白塗妝容，恢復成看起來相當懦弱的樣子。

「不，沒關係啊，畢竟就是會有這種情況呢。」

我用因為大喊過頭而喑啞的聲音回答。

我可是把熟菜店的便當假裝成自己做的東西呢，哪有辦法責備別人。

「不過說老實話是有點意外。我覺得你比較適合流行歌曲樂團啊——」

「——就是說啊。我自己也常這麼想，到底為什麼呢？」

我在家喜歡聽的也是開朗的流行樂、最喜歡可愛的雜貨，很愛料理和打掃，就連打工都是對於菜色相當用心的熟食店廚房人員。會在自己公寓的陽臺上撒米粒，期待麻雀造訪。

「但我一下筆要寫曲子，就是會變成死金。或許是因為我想要待在那些無處可去，只能夠大吼大叫的人身邊吧。」

一斗像個鬧脾氣的孩子擺盪著鞦韆，我也稍微踢了地面搖晃著。

忽然我那酩酊的腦漿感受到一點彷彿聽到丸山先生惡毒批評時的辛辣刺激。

「呃，你剛才是說你在相當用心的熟菜店廚房打工嗎？那該不會是HAND吧？在角落美食隔壁站那個。」

「沒錯沒錯，妳該不會在那裡買過便當吧？」

「別說了，我每天早上都拿空的便當盒過去耶。」

太誇張了。也就是說，每天幫我做便當裡面各種菜的人是一斗。

我忍不住大笑了起來。

真是奇怪的一天，我其實被傷得頗深，卻在死金演唱會咆哮，現在又跟一斗在我從沒來過的公園裡坐在鞦韆上。

「真不好意思，都是在聊我的事情。不過妳怎麼會來死神安息日的演唱會呢？」

「啊，是因為純也說他同學的樂團參加演唱會，所以給了我門票——」

說到這裡，一斗便抱起頭來。

「啊，那應該是我們後面那個樂團，我記得他們應該是高中生。」

大概是醉意還殘留在身體，我在鞦韆上略略覺得有些噁心，看來明天一定會宿醉了。

「不過妳拿到死金音樂的演唱會門票，竟然很自然就來了呢。」

「——其實也不算是很自然啦。」

我把今天誠可謂負面連鎖的一連串事情告訴一斗，嘎吱作響的鞦韆也為感傷增添氣氛。

「我想我還是不適合婚活吧。反正就是不會有人選我的。」

「不可以！」

一斗猛然從鞦韆上起身。

「我不是說過了嗎？不可以說那種責備自己的話語。我們不是婚活之友嗎？一起得到幸福吧。」

但是一斗你可是有會對你說「YES」的對象啊，我連對象都沒有。今天也會回到那個只有仙人掌陪伴的寧靜而陰暗的房間裡。

「我不管前後經歷了多少，結果還是孤零零的。如果你知道我的戀愛經驗，肯定也會這麼想的。」

我一邊遢著鞦韆，三言兩語地述說著過去的戀愛。雖然知道這根本是給人添麻煩，我卻沒辦法就此打住。

公園的捕蛾燈緩緩閃爍，就像是有氣無力的回應。

說到最後打住，一斗稍微沉默了一下，有些無奈地抓了抓頭。

「我認為不應該有誰來掌握奈央小姐的人生方向盤。畢竟這是奈央小姐擁有自己心靈和身體的唯一一次人生耶？如果轉世以後，就不是奈央小姐了唷。」

「轉世嗎？」

「是啊，這輩子結束以後，奈央小姐就會變成別人、走在另一條人生道路上。所以現在這個人生沒有努力活下去就太浪費了。人生得要自己掌舵才行啊。」

死神安息日的主唱，似乎是個有佛教人生觀的人。

「雖然你這樣說，但我覺得自己只是很普通地要過我的人生啊……」

這樣不對嗎？大家不是都想跟某個人在一起、得到幸福嗎？這跟某個人讓自己得到幸福，難道不一樣嗎？

「的確有些時候，只要某個人在身邊就能得到幸福——」

「啊我知道了，你是要說那個吧，只有獨自一人的時間也要幸福，不是跟誰在一起就能獲得幸福，之類的吧。就是那種女性雜誌特別喜歡的自立自強女性論點對吧？」

我這種自暴自棄式回答，只是讓一斗露出了非常悲傷的表情。

「希望有某個人讓自己的一切都變成幸福，這樣不會很痛苦嗎？奈央小姐，妳對先前所有的男朋友都把自己剖開來交出去，難道不會很不好過嗎？」

一斗說的話我似懂非懂。

不，或許其實我只是不想弄懂。因為覺得自己一旦聽進去了，就會被拋到深不見底的黑暗當中，永遠都沒辦法再次浮上來。

一斗像是為了鼓勵我，又繼續說下去。

「我到了三十幾歲還在追尋我的夢想，因為沒辦法養活自己只好打工，我想從世間角度看起來，我大概是個挺慘的人吧。我求婚的事情也是因為經濟問題所以停滯不前，因為我沒辦法騙人說，我的明天相當安穩。」

聽見一斗的告白，我抬頭看他。

「不過那種時候，我盡可能不要想著明天到底會怎樣，而是思考要打造出什麼樣的明天。」

「打造出什麼樣的明天？」

我重複了一次他說的話，覺得耳朵深處有某種硬邦邦的東西啪滋一聲裂了開來。

如果是在女性雜誌上讀到這種話，我肯定會用鼻子哼一聲。但現在卻滲入心肺，這是為什麼呢？

我拚死地往一早就因為汙泥而混濁的心中探看。

妳要幸福喔。

在那團混濁之中，有個小小的、單純的心情拚死掙扎著。

那個心情不是過去的男人們、也不是什麼其他人，是我對著自己說的話。是我自己，而不是其他人希望我獲得幸福嗎？

腦袋裡忽然接二連三浮現出今天一整天看到的風景。

鬈積雲好漂亮。我原本應該很討厭的香菸氣味，也挺宜人。就連死金音樂的不和諧音調，都感覺棒到不行。

我抱持著最糟糕的心情，卻用盡全力想要肯定這個世界。

我是這麼想獲得幸福啊。

大大嘆了一口氣，眼前也跟著一片模糊。一斗遞給我一條有刺繡圖案還用熨斗燙過的美麗手帕。

「一斗先生為什麼都唱那種好像詛咒的歌啊？你就唱你剛才跟我說的那種話就好啦。」

問他的時候我還吸著鼻子，一斗有些消沉地回答。

「雖然很難聽懂，但其實我的歌詞很正向積極喔。」

「呃，對不起——」

一斗所喊叫的歌詞，好像是關於年輕人當下的喜悅之類的訊息。

等我回過神來才發現公園旁邊的道路，已經開始出現回頭往車站走的人流。

「差不多該走了吧。」

「好。對了——今天真謝謝你。」

「不會，我才要謝謝妳來聽演唱會。」

大大的笑容，一瞬間揪住了我的心臟。

他是溫柔的人，而且跟他聊天非常開心。

但是一斗已經有個對象，畢竟他是個很棒的人嘛。我還是尋找我自己的幸福吧。

這麼說來，我已經好久沒有跟男人講話講到接近末班電車的時間才回家呢。

我用冰到幾乎刺痛的手揉著漢堡排要用的料，這是因為絞肉如果接觸到手的溫度，裡面的脂肪就會融出來。脂肪融解出來會讓肉變成黏黏的，就不知道是不是真的已經有揉夠了。

其實好像也可以用研磨棒之類的東西來揉絞肉，不過我還是想用手來做。總覺得這樣子在心裡吶喊著「你要變好吃喔」的心情比較容易傳過去。

我在角落美食的廚房裡一心一意做漢堡排，田上太太、柿本先生還有金子先生都一副看著詛咒之神般遠遠望著我。一斗則為了讓我專注在漢堡排上所以幫忙做味噌湯。

這次我一定要做出好吃的漢堡排。

下定決心以後，我才發現先前根本就沒有好好讀那本食譜筆記，我大略翻過去的那筆記本上，明明還用對話框寫了各式各樣的秘訣。

「漢堡排的肉汁就是性命！有時間的話，先用木匙將肉和鹽巴先攪拌過。」

「炒好的洋蔥要在盤子上攤開來冷卻！」

終於了解一斗為何說這是很愛說話的筆記本。

先前我根本沒有好好聽它說話，也不先把手弄冷就捏肉，所以讓肉的脂肪融化流失了吧。雖然我覺得我有好好揉了，但其實只是因為融化的脂肪給人黏黏的感覺，根本就沒有揉夠。覺得手有點變溫，我又再用冰水泡了一下，擦乾以後再次揉捏起肉團。

「看來我明天可以賭個大的。」

柿本先生拿紅色鉛筆刮了刮頭又回到桌邊。

我決定今天要是能煎好漢堡排，就來回覆仙人掌先生的訊息。

畢竟沒有見過面，又怎麼知道會如何呢？搞不好會因為外觀不是喜歡的類型這種單純的理由就被拒絕。

這麼說來自從我傳了照片給宏人先生，他就沒有回我訊息了。或許只是非常忙碌，也可能只是對我的長相不太滿意。
仙人掌先生也許在見到我的瞬間也會覺得非常失落。真可怕。這就好像有不知名的事情張牙舞爪等待我前往。如果是過去的我，此時肯定會捲起尾巴逃走。怒吼著我根本無法想像結婚什麼的，然後轉身背對未來。
但並非如此，未來是往後我要自己打造的。
我是多麼自由啊，不需要窺看別人的臉色。已經不用為了再配合對方的心思，而把自己的心情摺到歪七扭八了。
和一斗聊過的那天晚上，我的腦袋裡開始放起了相當清新的旋律。揉好肉團以後，開始左右互丟、排出空氣做成球型。砰、砰，聽起來真舒服。雖然一開始不是很順利，不過我在家裡也做了練習，感覺上比較能夠掌握了。在平底鍋抹油，把捏好的漢堡排放進去。
喀鏘一聲轉開旋鈕，為了避免水分流失，要先用小火慢慢煎熟。
聽見滋滋聲以後，肉的表面也差不多熟了，冒出一股香氣。但現在還不能放鬆，先前就是翻面的時候全都潰不成型。

稍微鏟起來看一下已經是有熟了的顏色，但上面還非常柔軟，連忙快速翻面。肉團還是維持著橢圓形，再次奏起美妙的滋滋聲。

——太好啦！

我立刻看向一斗，他也回應我一個勝利姿勢。

「開動囉。」

我有些緊張地說完，雙手合十。大家也跟著我說出一樣的臺詞。

漢堡排略略冒出蒸氣，我輕輕用筷子切下去。

雖然有相當明確的肉質彈性，不過並非先前那種乾巴巴的觸感。下筷的斷層噗滋流出透明的肉湯，閃爍著光芒。會覺得這簡直就像寶石沒兩樣，完全只是我的私心吧。

輕輕咬了一口，先是感受到肉類彈性口感，接著封鎖在裡面的鮮味隨著肉湯一口氣在嘴裡散開。

這次的醬汁巧妙混合了番茄醬的酸味、日式醬料、奶油與酒的甘甜，確實突顯出肉類的美味。上次失敗的原因是無視食譜，直接使用已經焦掉的油，而且還只是隨便把番茄醬跟伍斯特醬混一下就上桌了。畢竟時間也不夠，所以只有慌慌張張隨便煮一下。這次則是仔細用廚房紙巾把多餘的油脂擦掉，好好測量指定的調味料分量來製作，口味就有如此深度。

有確實把手弄到冷冰冰是有價值的，肉完全沒有失去那彈牙的彈性。

嗚嗚，這真的是我做的嗎？

我忍不住陶醉地閉上眼睛。

「哎呀，這很好吃呢！」

田上太太感嘆地說著。

「真的，可以拿出去賣了呢。」

一斗似乎也很開心。

「所以我就說啦，看那本筆記本做到這種程度是理所當然吧。哎呀，這哪是能拿出去賣的程度啊。」

柿本先生的嘴巴還是一樣壞，但很確實地一口又一口吃著。

「哎呀明天會下雪吧，這真是令人感動。」

丸山先生就連誇獎都要偷酸一下。

一邊聊著沒什麼內容的對話一邊吃飯，肚子深處也咕嘟咕嘟湧出了力量。

用心製作的餐點，或許甚至能把能量傳達到心裡。

我去見見仙人掌先生吧。

不知不覺我在丹田用起力氣，認真地想著。

我覺得自己好久沒見到如此感到興奮的自我。

請一斗教我怎麼化妝好了，然後我要抹那條婚活口紅。要穿什麼衣服去呢？要跟仙人掌先生聊些什麼？

腦袋裡接二連三浮現各種想做的事情。

忽然發現到我都是在自問自答。

我想把自己帶到什麼樣的未來呢？

我的嘴角很自然往上拉，我想明天一定會是非常棒的一天。

闔家團圓
豬肉馬鈴薯

東京すみっこごはん

傍晚結束打工以後，我縮起身子往寄宿家庭的方向走去。

在日本第一次體驗到的秋天，蘊含著無法從照片上那美麗紅葉想像到的嚴峻。就好像空氣整體變成 Namkhaeng sai，也就是泰式刨冰。畢竟冬天會更冷，我對於自己能否好好生存下去實在是挺不安的。

從通往隔壁車站的熱鬧商店街穿進一旁的小巷，這裡是塞滿了小小木造房屋的住宅區。總覺得這讓我想起故鄉曼谷。視線稍微向上提，大後方屹立著高樓大廈，這種情況也像曼谷。

我今天也站在這小路上的一棟建築物前，這是棟古老的房子，感覺不該出現在現代、而是發黃的老照片中。

木格子的拉門上掛著不是相當顯眼的看板，上面寫著「角落美食」。我想這應該不是民宅，而是簡餐店之類的吧。

雖然覺得這名字有點奇怪，不過畢竟我是泰國人，所以或許對日本人來說沒有那麼稀奇吧。不過下面還寫著「※由外行人烹調，有時可能不怎麼好吃。」這就真的非常奇怪了吧。

每次經過這裡，我都聽見裡面有相當熱鬧的笑聲，隨著橘色燈光一起透到外面來。有時候還會因為風吹過來而飄出廚房的香氣。

這個時候，我的腦海裡就會浮現出一間跟這裡氣氛有些相似的破爛屋子。那裡正上方就是高速公路，永遠都有車水馬龍的聲音。超過容忍值的強烈震動還會讓塵埃飛舞，簡直不能稱之為家，而是將要崩毀的營房吧。即使如此，裡面還是會透出溫暖的燈光，外婆和妹妹的笑聲也從不曾消失過。

那就是我在曼谷令人懷念的老家，雖然她們兩人已經不在那棟建築物裡了。

愣站在這扇門前想著我不可能再次進去的那扇門，眼前的門毫無預警地打開來。出現的是一位怎麼看都不像是和藹可親、而且感覺有點邋遢的男人。四眼對望，他一臉驚訝。

「你——」

但我也一樣驚訝。猛然深吸一口氣，我幾乎是連滾帶爬地衝了出去。從前當扒手而到處被人追捕時練出來的腳力，至今仍未衰退。

那時候肚子總是挨餓，就像是要擺脫纏繞在自己身上的熱帶空氣，我拚命地奔逃。如今像那時候一樣拚死奔跑，內心充滿一種焦慮不已的悲切。

真想回到那時候，比起如今衣食住充足，我想回到那個一無所有的日子。

男人似乎喊叫著什麼，但我沒有回頭。

「光臨～」

我對著走進便利商店的客人喊著語尾加上獨特重音的問候語，同時把客人放在櫃檯上的炸雞便當、飯糰還有罐裝咖啡快速結帳。

冷到徹骨又乾燥的初秋北風吹進了店裡。

我的背脊直發抖，再次集中精神在收銀作業上。

拿著條碼讀取機嗶、嗶，快速又有規律，聽起來就是日本會有的中規中矩聲音。站在櫃檯前的男人應該是在附近公司工作的上班族，是常客之一。每次都會仔細確認收銀機上顯示的數字，在那貼身西裝上方是一對帶有攻擊性的眼神。

「七掰二慈一元。」

我一說完，男人就挑高了他打理得整整齊齊的眉毛。

「──根本聽不懂。」

他一邊碎念同時將千元鈔丟到櫃檯上。
「有Ｆ卡嗎？」
「沒有啦，快點裝袋。」
只要有人抱怨，就要馬上表示歉意說真的非常抱歉，店長已經跟我說過千百次。但越是耽溺於和平的日本人，似乎就越不容易把這句話說出口。要用道歉來表達誠意的國家，就我所知在亞洲應該只有日本是這樣吧。
「讓您糾等了，還輕再度功臨。」
無視於男人死盯著我的視線，我將找的錢還給他。看我表現出一副抱歉我只會這幾句日文的樣子，男人嘖了一聲之後就走了。
是在辦公室裡累積了多少壓力啊，那男人一直都是這麼沒禮貌。
櫃檯的另一邊排著長長的隊伍，現在是中午，今天附近的賽馬場有比賽，所以有一堆男人跑到店裡來。
最近有一群很惡劣的國中生，會趁客人多的時候跑進來。他們在我們無法管控所有地方的時候，偷一些價格低廉的東西。
「讓您糾等了，請。」

看見外八跨步走過來的男人面孔，我馬上低下頭去。

男人就是昨天我在角落美食前撞見的人，他是我們店裡的常客，所以認得彼此面孔，但我昨天看到他的瞬間就逃跑了。沒想到馬上又要見面，實在是有夠尷尬。

「讓您糾等了。」

我盡可能不要看向對方的眼睛，把他買的東西裝進袋子裡。雞蛋夾心麵包、飯糰、綠茶，這個人老是買一樣的東西。

「不是『讓您糾等了』，是『讓您久等了』才對吧。」

男人扭曲著他那窮酸臉糾正我，不過似乎沒有特別打算提昨天的事情。過於細瘦的身體加上到處起毛球的藍色夾克，兩邊剃光的平頭下是一雙透出某種不滿、略略上吊的小眼睛。

至少不會是那種我在其他地方遇到時會想講話的人。

「你再說一次。」

「——讓您糾等啦。」

「不是這樣。讓、您、久、等、了。」

「讓您、久、燈了。」
男人重重嘆了口氣，一股香菸味道飄了過來。就在我瞬間忘了該好好面對客人而轉過身去的同時，眼角看見那個國中生團體中的一人把麵包偷偷塞進了書包裡。
但是得等他們走出店門才能抓人。
我看了一眼站在隔壁收銀機的佐藤店長，店長也默默地看了一眼國中生們。
「五掰三思元。」
「什麼三思元，三十元，給我說一次。」
「——三十元。」
我因為煩躁而忍不住用指尖咚咚敲打著收銀機。
「沒錯沒錯，三十元。好——今天下連號吧。掰啦。」
他拿起夾在耳朵上的短短紅色鉛筆在賽馬報上畫了一下，從我手中拿走袋子揚長而去。都還來不及停頓，就聽見店長喊我。
「傑普，就是現在。」

「好。」

我從收銀機後飛奔而出，追上剛離開店門的國中生。或許是安下心來，少年們長了青春痘的臉龐正彼此傻傻對笑著。偷了麵包的少年耳邊那銀色的圓形耳環也跟著搖晃。

居然逗留在偷竊現場，這些人也太蠢了吧。在當年那個抱著要給外婆和妹妹的食物而拚死逃跑的我看來，這些傢伙簡直無害到讓我都想抱抱他們了。

首先用力扯他耳朵上的圓環，然後將他的臉往水泥路上壓。

我的後腦勺一帶莫名對我下著冷靜的指令，不過要是在這裡上演街頭全武行，我應該馬上就被遣送回國了吧。

對付這種傢伙，要用其他辦法。這是靠著佐藤店長視而不見才能完成的特技。

我衝出去以後故意撞上那個青春痘臉的傢伙。

「好痛，搞什麼啊。」

青春痘臉壓低聲音抱怨，雖然他可能是相當刻意虛張聲勢，但聲音還是相當稚嫩。這種程度的威脅對我根本起不了作用。

「客忍，麵包還沒夫錢。」

我沒有拉他的耳環，而是相當貼心地告知。這四張面孔素淡又有些傻愣，雖然身高都比我高，但感覺就是跟打架之類的無緣。是那種因為每天過得很無聊，為了追求刺激所以偷東西的傢伙。就算他們之中有人持有刀子，恐怕也不知道怎麼用。

「我們才不知道什麼麵包呢。」

青春痘臉嘻嘻笑著回答。

「那讓我刊刊，包包裡面。」

「啊？你在說什麼，完全聽不懂啦。」

青春痘臉故意這麼鬧，旁邊三個人也一起大笑。

我轉向青春痘臉，將名牌折疊錢包和手機這兩樣東西拿出來在他眼前晃了晃。

「這個掉在店裡。窩們會聯絡你家跟警察。監視器，都有錄到。」

其實我們還沒去確認影像，所以不確定是不是真的有錄到。當然他把錢包掉在店裡這件事情，完全是個大謊言。是我剛才撞過去的時候，從他的口袋裡偷出來的。

青春痘臉色大變，看來他稍微了解狀況了。主導權並不在他手上，而是在我這裡。

「別開玩笑了，我才沒有掉錢包——」

少年的聲音已經拉高了。

「這是，第三次。我們店長，兩次就算了。跟我來。」

我轉過身打算回到店裡，同時感受到背後傳來兇惡的氣息。

——哎呀呀，只在遊戲裡打過架的傢伙是最麻煩的。

我回過頭做好準備。

一拳、兩拳、三拳，第四個用腳。當然我只有在腦中攻擊他們。四個少年很明顯因為我的殺氣而退縮，我再次跨步，這次他們四個人就乖乖跟著我來了。一邊聽背後傳來拖著走路的腳步聲，總覺得心情不是很好。

這裡是相當和平的國家，而我非常討厭自己選擇這個國家留學。

店門口那個外八橫走男吸著菸在笑，似乎是看著覺得這場騷動很有趣。

從嘴角隱約能看見他泛黃的牙齒，真是個不管什麼表情都能讓人覺得不愉快的男人。

真是的，到底為什麼這種傢伙會從角落美食走出來啊。

我默默將視線從男人身上移開。

工作結束後，我踏上回寄宿家庭的路。

為了事前準備明年即將展開的大學生活，我在這一年內靠著泰國政府的支援前往日語學校上課。課程只安排在上午，所以剩下的時間我就用來打工。

在長長商店街的中間轉個彎，穿過狹窄巷子是最快的捷徑，但我今天刻意繞路走其他路線。因為我實在不想在角落美食前又遇到那傢伙。

跨步走過比平時長一些的距離，直到小路盡頭一間古老的房子停下，拉開大門。

「我回來啦。」

「哎呀，你回來啦。有泰國寄來的明信片喔。」

馬上開口回答我的是寄宿家庭的兒子啟馬。他曾經是個相當棘手的不良少年，讓寄宿家庭非常苦惱。不過我來到這裡的時候，好像已經過了針鋒相對的時期。他的學校制服內裡繡了龍、眉毛也修得非常細緻整齊，啟馬笑著說這是他耍壞時期殘留下來的東西。

「打工結束了嗎？」

「結束了。今天，抓了小偷。」

「真的嗎?!超厲害的，你等等要跟我說經過喔。」

他的笑容非常天真無邪，現在高中三年級，每天晚上都為了多少提升點成績以利拉高就業條件而在房間裡拚命念書的樣子。

我旁邊是瑞典人留學生馬克的房間，他是個動漫阿宅。再過去就是啟馬的房間。另外啟馬有個妹妹，她的房間是在一樓、跟爸媽相鄰，不過我幾乎沒有見過她。據啟馬說她正處於反抗期，一天到晚跑出門，所以爸媽也非常煩惱。

我在床邊坐下，看向那張明信片。

妹妹和外婆分別寫下自己的訊息，看來兩人都過得很好。而且可能太擔心我都不寫回信，所以特地附註說她們買了智慧型手機和電腦。寫在後面的郵件網址大概就是聯絡方式。

我打算存下打工錢送給她們的東西，妹妹已經先自己想辦法買了。這樣一來就能夠和曼谷那邊頻繁聯絡，還可以講視訊電話。然而我的心情別說是高昂了，反而更加消沉。

迷惘著不知道要不要寫電子郵件，結果我沒打開電腦，而是從抽屜裡拿出明信片。

我到日本沒多久，就接到妹妹聯絡說她找到了條件不錯的工作。

妹妹原先是在一個大使館工作的沙烏地阿拉伯人家庭做清潔工作，因為大使夫妻很喜歡她，所以請她顧小孩，因此也得到了另一份收入。聽說就算供她和外婆生活都還綽綽有餘，真的是待遇非常好。不過在雇主眼中還是相當便宜的價格。

妹妹和外婆已經從高速公路下那個廢屋，搬到沒有車輛震動、風雨不會吹進去的堅固公寓。

「我們沒有哥哥的幫忙也沒問題的。」

這行躍動在明信片上的話語，使我原先為了讓兩人輕鬆些而拚死在這個世界奔走的雙腳猛然踩下了煞車。而我回神才發現這個世界是一片虛無。

——如果不是為了她們兩人，那我現在是為什麼在這裡呢？

我無法回答這個問題，就這樣拖拖拉拉地在日本度日。

我希望能夠盡快開始賺錢，讓兩個人住在一個正常的屋子裡，可以的話也想讓妹妹再次去上學。這就是我打從心底的夢想，也認為是自己的使命。

如今我的人生一無所有，就只是繼續呼吸而已。

「吃晚餐囉。」

聽見寄宿家庭母親的聲音我才回神，大家也都隨著這個聲音，一起聚集到一樓的餐廳。我當然也往樓下移動。

只有一扇小小窗戶的餐廳，放了張薄木板的桌子就幾乎塞滿了。

包含坐在家長席的父親在內，今天依然是一群死氣沉沉的人聚集在此。父親、母親、啟馬、馬克還有我。啟馬的妹妹今天仍是出門的樣子。

這天的晚餐是絞肉羹小芋頭、蟹肉條沙拉、燉南瓜、白飯跟味噌湯。用寫的感覺好像是一桌相當耗費工夫的料理，不過據啟馬表示，除了白飯跟味噌湯以外，全部都是超市買來的特價熟食。母親在那間超市打工，所以請他們幫忙留賣剩的東西。坐在家長席的父親，好像是在附近的小工廠當工人。

「開動囉。」

聽見母親這麼說，大家零零星星雙手合十，開始吃起晚餐。

父親沉默地看著他正面的電視，母親和啟馬也沒有開口說話。

雖然來這個家已經超過半年了，但我和父親幾乎沒有說過話。當然也不曾問過如此排斥他人的男人，為什麼會想要接收留學生。不過我想經濟問題應該是很大的理由之一吧，每個月應該都會有仲介團體支付讓人無法小看的金額給留學生的寄宿家庭。

「馬克，今天在學校學了什麼有趣的日文嗎？」

母親相當親切地向馬克搭話，而他則支支吾吾回覆了一句不知道什麼。他愛動畫勝於溝通，跟寄宿家庭往來之類的事情對他來說是無所謂的。

這次換成跟我對上視線，不過她只尷尬地對我笑了笑，馬上就把眼神轉開。

「那個泰國人孩子啊，感覺不是什麼好孩子，所以你不要自己跑去他房間喔。馬克是瑞典人，所以沒問題。你多跟他聊天、學學英文也好。」

我剛到這個家庭的時候，偶然聽見她如此叮嚀兒子。雖然我有點生氣，但又覺得母親天真而無知地深信歐洲人都會說英文這件事情，似乎令人有些悲傷，讓我失去了怒氣。

待在這家裡實在不是多舒服，甚至可以說這是仲介找到的家庭當中，在各種方面都屬於相當勉強的等級。就連據說應該很合泰國人口味的日本家庭料理，都不怎麼好吃。超市剩下來的東西總是口味強烈，而且會賣剩的東西種類大概也就是那幾種，所以已經吃到很膩了。

即便如此，我還是沒有特別想離開這個令人感到痛苦的家庭。我也不明白是為什麼。

今天晚上也沉默地吃完了飯。

正當我在房間裡念日文，啟馬有些顧慮地從房門探進頭來。因為我正好在奮鬥如何區分「を（WO）」和「お（O）」，所以非常歡迎他。這種時候還是問母語者比較好，畢竟真正的語言並不是一字一句都跟教科書一樣，而是一種活的東西，例外可以堆得跟山一樣高。

「請、請進。」

聽我這麼說，啟馬那纖細的身體便溜進門來，右手抱著素描本。他在地上盤坐，眼神飄忽不定地在房間裡徘徊許久才開口。

「那個，你不要笑我喔？」

啟馬的眼神相當認真。

「豪。不會滴。」

聽見我的回答，啟馬笑了出來。

「還真的是有點尷尬的日文呢。」

他笑得很開心，但還是沒有開口說他要講的事情。

「怎麼咧？不好說？」

在我多次詢問下，他終於慢慢開口。

「——其實啊，我想去藝大。」

「藝大？」

是日本哪個有名的觀光勝地嗎？或者身為泰國人的我不知道的某個地名呢？我在腦中拚命思索，啟馬點點頭。

「對，藝大。藝術大學。」

啊這樣講我就知道了，繪畫、雕刻、表演，學習各種藝術表現的大學。但啟馬不是要去上班嗎？而且為什麼要告訴我這件事情啊？

「媽媽，知道嗎？」

「不，老爸跟老媽都還不知道。」

啟馬很明顯一臉沉了下去，要是我站在他的立場，想到那對爸媽的臉，大概也會露出同樣的表情吧。

父親反對他升學，母親也不會反對父親的任何決定。大學是花錢讓小孩去玩耍的糟糕地方，應該要趕快就業，為了還高中畢業前的養育費而去工作，這似乎是全家人的意思。

跟泰國的貧民窟比起來，啟馬所在的環境實在是相當優渥了。雖然不覺得他非常可憐，不過爸媽不希望孩子升學、還要他歸還養育費這點，在這個國家應該算是很少見的吧。

「你有畫畫，我不知道。」

「我高一的時候第一次被美術老師誇獎。後來是偷偷去老師朋友開的繪畫教室上課，那裡也有教怎麼進藝大的考試對策。如果是國立藝大，我應該能一邊打工一邊上課。」

「爸爸，希望你，就業吧？」

「你竟然知道『就業』這種詞彙。」

啟馬苦笑著繼續說下去。

「我想說下次升學指導時間就要好好跟我爸媽談。雖然不知道會變成怎樣就是了。我不是跟你說過以前我曾經很壞嗎，後來沒有繼續下去，其實就是因為開始畫畫。」

他說他關在房間裡拚命用功念書完全是個大謊言，其實他是一直在畫畫。

「那個素描本，給我看。」

「是『那本』素描本啦。」

啟馬的說話聲音強而有力，遞出素描本的手卻畏畏縮縮。

我實在對畫沒什麼概念，講老實話就算看了他的畫，我應該也沒辦法判斷他是不是該以進藝大為目標。

但是翻開第一頁我就睜大了眼睛。

那是附近我也很熟悉的公園，那裡種了一棵楓樹，正中央還有相當高的時鐘，是日本很常見的小廣場。以黑白深淺有致擷取出來的風景，彷彿色彩豔麗般包圍在我身旁。高達天空的孩童笑聲、熱烈聊天的母親們，還有樹木沙沙聲響、風兒帶來的花香。

在他眼中，這個國家的風景是如此美麗嗎。

我對於這件事情非常感動，更勝於他的素描技巧是不是高超。

在看起來有些耍壞的他的眼中映照出來的，幾乎是夢想中的完美世界，那種強烈絞著胸口的感受緊逼著我的心靈。

我們默默對看著。

他似乎有些害羞、有些不安，我看著啟馬的眼睛，萬分感嘆地回應。

「我想，很棒。」

「要說我覺得很棒。看來你的課題是助詞呢。」

啟馬的表情終於放鬆下來，整張臉紅到耳朵。

雖然知道這對他來說很殘酷，但我還是得告訴他現實。

「說服爸爸媽媽，啟馬的課題。」

啟馬略略沉默了一會兒，笑著說哎呀被抓到了。

想到他今後要面對的困難，連我都覺得心情陰風慘慘。

很難想像那對爸媽能夠老實地為啟馬想走的未來推一把，他想走的那條狹窄道路，恐怕還沒那麼容易踏上去。

看著啟馬感到不安的眼睛深處，我終於知道他為什麼對我有好感。

對他來說，我就是他的未來。我原先和他一樣處在一個被封閉的場所，現在卻已經脫離了，所以他把自己將來的路線投影在我身上。

但我實在不是個值得人憧憬的對象，我早就已經迷失了自己的道路，而且不知道該怎麼找到新的道路，完全是個空蕩蕩的人。

我甚至覺得當初為了活下去而偷東西、在連柏油都沒鋪好的惡劣道路上跑到想吐的那些日子，都比現在來得充實。

——會這麼想的我，大概很奇怪吧。

「傑普，你怎麼啦？」

「沒什麼。」

我拉開微笑，繼續翻著啟馬那本素描本。本子上是一頁又一頁我完全沒見過的美麗東京風景。

在鐵軌旁道路上昂首闊步的貓咪、學校整體似乎都在打瞌睡的上課風景、這可愛的女高中生該不會是啟馬的單戀對象吧。

不管是哪張圖都好棒，但最讓我感動的並不是素描本身，而是把素描拿給我看的啟馬側臉。看得出來他的身邊有許多小小光芒綻放著。

他對我來說就像是光輝無比的過去。

那個背負著外婆和妹妹的我。

今天超商的結帳隊伍大排長龍，好像是因為有很受歡迎的馬出賽。店裡的隊伍長到令人煩躁。

幾乎所有客人都帶著酒臭味，杯裝酒和賽馬報早就都賣完了。

「佐藤店長，早知道就再多進些貨呢。」

旁邊隨口抱怨的李姓中國留學生跟我一樣是打工的。她正在補充幾乎快要銷售一空的炸雞塊，看起來應該也是等等就會賣完了吧。

超商的商品是每間店自己處理進貨，所以若是弄錯了數量，損失也要由店家自己負擔。佐藤店長對於進貨數量總是相當慎重。

大概是因為今天有大比賽，所以那些平常散發著悶濕氣氛的客人們，如今讓人感受到一種肌膚緊繃的興奮。只有馬兒在跑的時候，他們能看見夢想。去一個比這裡還要好的地方生活的夢想。但是其實沒有半個人認真地想要從現在所在之處脫離。

這裡的客人們，和我故鄉貧民窟那些人很像。

在這間超商雖然有很多讓人不愉快的事情，但我還是沒有辭職，或許也是因為從他們身上感受到了故鄉吧。

這個時候我忽然驚覺，有位婆婆似乎沒有注意到左邊那一整排等著要結帳的隊伍，就直直朝我的收銀機走過來。同時間已經排了很久的男人正要往我這裡走，嘖了一聲又退了回去。

婆婆似乎腳不是很方便，她走得相當艱困，好不容易才把東西放到櫃檯上，那樣子與我在泰國的外婆十分神似。我並沒有叫婆婆去排隊，而是直接幫她結帳。男人反正也只是在賽馬，讓一個婆婆插一下隊應該沒關係吧。

「來，謝些妳啊。」

婆婆接過我將兩邊提把捲在一起方便提取的塑膠袋，緩緩移動身體往出口方向離去。明明是辛辛苦苦走過來，買的東西卻只有一個午餐便當。她是獨居嗎？

我目送那個蜷縮的背影離去，剛才退回去的那男人又大搖大擺來到櫃檯前。

「喂，你是眼睛不好？大家都在排隊，你是沒看見嗎。下一個應該是我不是那老太婆吧？」

一陣酒臭味襲來，五罐啤酒被粗暴地放在櫃檯上。

婆婆已經走出店門了，確認這件事情後我鬆了口氣。畢竟我不希望她聽見這種男人說的話。

「幫您、結帳。」

「喂，有沒有聽懂啊。道歉啊。」

男人還是一臉不能接受。我很有自信就算隔著櫃檯也能揍那張臉兩三拳，但我當然不會這麼做。

「我說你啊，你那什麼眼神？要打架嗎？」

男人的聲音有種煩人的黏膩感。

「一千一掰五失元。」

要是佐藤店長在，那麼他會馬上插進來讓我立刻道歉，不過他今天剛好不在。李小姐則是一臉畏懼地看看我又看看那男人，手則放在櫃檯下方的電話筒上。看來她是決定要是有個萬一，就要打電話報警。

男人還是相當纏人。

「這個應該免費吧，這樣才有誠意啊。」

完全就是個醉鬼，怎麼可能為了這種傢伙就讓他免費拿商品，完全沒有做這種事情的理由。

「一千一掰五失元。」

我再次重複金額，並且將啤酒罐裝進塑膠袋裡。

「啊啊？」男人的身體往櫃檯裡面伸。

「跑到別人的國家來賺錢，倒是很有臉嘛。你從哪個國家來的？」

我刻意無視他的問題，而他的聲音也越來越尖銳。

「我叫你回答啊！」

「——泰國。」

而我現在更加不明白到底為什麼我會在這個國家，不，為什麼我會在這個世界上呢？我的人生跟你一樣空虛。

我默默看著那男人。

「嘖，泰國就只有女人還行。差不多是十六歲的最讚啦。你知道嗎？好像只要日本一半價錢就能買到呢。」

十六歲，正是我妹妹的年紀。腦海中浮現的是她那看起來比十六歲還要稚氣的笑容。

眼前的男人嘴角扭曲，這種傢伙大概覺得要是去了泰國，什麼女孩都能買到。

我沒有打算爆發怒氣，我的心情還是一樣低落，而手直直朝男人臉頰伸過去。同時聽見了拳頭劃過風的聲音。雖然我很久沒打人了，不過看來我的手腳沒有變差。

但我的拳頭沒有落在男人的臉頰上，而是發出清脆的聲音被吸進某個人的手掌。

「到此為止啦。我說你啊，還不趕快錢付一付給我滾。今天大家都沒什麼時間啊。」

居然又是那個男人，老是糾正我的日文、在角落美食撞見的那傢伙。

我過了幾秒才理解剛才那個劃過風的聲音，其實來自這男人。

「我的朋友們差不多忍到極限啦。你應該也不想遇到什麼慘事吧。」

剛才還威風十足糾纏我的男人，看了眼客人們的樣子，瞬間喪失了氣勢。今天的客人的確看上去都不怎麼像好人，是連我都會喪失戰意的程度。

「反正你下次注意點我就不——」

男人連忙丟出兩千元，像是用搶的一樣拿走找零就離開了。

我瞥了一眼他的背影，平常就會來的那個男人哼了一聲就把商品擺在櫃檯上。是罐裝啤酒和飯糰。不知道是不是因為今天有大比賽，他買的東西跟平常不太一樣。

「三掰八十七元。」

我有些愣愣地幫他結完帳。

「謝些你。」

「是謝、謝、你。還真的是學不會的傢伙耶——今天投三連單啊。」

男人喃喃說著我聽不懂的東西就這樣打算離開。

結完帳以後，我還是沒能完全理解剛才到底發生了什麼事情。目送那起滿毛球的夾克背影，我忽然體悟到剛才是那男人幫了我的忙。

「非常謝些您！」

我再次大聲道謝，男人一臉好像想起什麼似的開口問我。

「你今天打工到幾點？」

「五點左右。」

「那勉強來得及。五點半前我在先前那間店等你，要來喔。」

「——為啥摸？」

「什麼為啥摸，是為什麼啦。還有，是謝、謝。」

男人沒有再多說什麼，用紅鉛筆搔了搔頭便走出店外。

等我回神才發現剛才的怒氣已經被驚訝中和，在櫃檯上無處可去。

我從剛才就在這長長的商店街中間轉角前徘徊不定。轉過這個彎，就是角落美食。那個男人說的店家應該就是那邊吧？透出溫暖燈光、笑聲的那裡，既然特地說了是那間店前，推測他應該是想帶我進去吧。

是不是要賣我今天的恩惠，叫我請他吃晚餐呢？但我可是盡可能將生活費省下來，把打工的錢都送回去給妹妹和外婆——想起自己已經不用這麼做的瞬間，忽然覺得有些空虛。

反正就算沒有那傢伙的幫忙，我也能夠安然度過那個場面的。我打算在打到對方之前就停下拳頭。

——欸，說老實話能不能辦到，我自己也是有點狐疑啦。

我的心搖擺不定，糾結著是應該要回去還是乖乖等，正想著還是回去好了而轉身，不知何時那男人就站在我旁邊。

「你剛才就在這邊轉來轉去的，跟個被繩子牽著的猴子沒兩樣，是在幹嘛啊？」

「我、沒有、幹嘛。」

男人稍微皺起眉頭，往地上呸了口口水。

「過來啊，這邊啦。你應該記得吧？那間店。」

他臉上又露出那個老是讓人覺得不愉快的笑容，抓住我的手臂。

唉，果然還是不該來的。

但不知為何我就是無法甩開男人那雖然細瘦卻意外有肌肉的手，我如果真想這麼做，應該辦得到才對。

這樣簡直就像泰國貧民窟常見的那種，怎樣都無法離開惡質男人的女孩。

我被硬拖著走進巷子裡，一回神才發現已經被拉進那間角落美食。

裡面有幾個日本人愣愣地看著我們。

「欸，還來得及吧。」

一個剃著平頭的男人一臉覺得被添了麻煩的表情，接著視線轉向我之後吃了一驚。

「呵、呵囉，奈司土咪 Yu——」

「哩好。」

我以日本人的方式低下頭，平頭男人誇張地吐了口氣。

「你會說日文嗎？太好了。」

有股醬油香氣從廚房深處飄出來，對於我習慣魚露的鼻子來說，這個氣味過於清爽，總覺得似乎還少了點什麼。泰國料理中經常使用的魚露是用沙丁魚發酵後製作出來的醬油，鮮腥味很重、對於外國人來說相當有特色，也常有人覺得很臭。不過泰國料理經常使用香氣強烈的香草，所以不用那種醬油的話，口味根本無法平衡。

「怎樣，第一次進來的感覺如何？」

這個我常見到的男人似乎是叫做柿本，臉上還是掛著那個有些奸邪感的笑容。

「哎呀，你先前就知道這裡了嗎？」

一臉和氣詢問我的是姓田上的太太，體型很像是那種靠著攤販廚餘長得肥滋滋的老鼠。

「寄宿家庭的房子，這附近。回去路上，經過。」

「哎呀日文說得真好，我可是半句泰文都不會。」

「我也是，連小學就開始學的英文都不怎麼樣呢。」

穿著制服的兩個高中生，呃，是純也跟加奈。

「話說回來，傑普先生好厲害喔，遠離自己的故鄉生活耶。像我光是來東京就想家了。」

這個眼睛跟滿月一樣圓的女性，應該是叫奈央小姐吧。

你來日本多久啦？有沒有想去哪裡？喜歡什麼日本料理？

對於接二連三的問題攻勢，我每個都乖乖回答。半年。沒有耶。炒麵。

大家似乎人都很好，說起來要不是這麼溫柔的人們，大概也很難跟看起來性格上就有問題的柿本先生往來吧。

「日本是、要進大學、來的。我有拿泰國政府的、獎學金。」

「澀柿啊，你居然認識這麼優秀的學生。」

廚房裡話中帶著意外感的是金子先生。

金子先生好像是在日式餐廳擔任大廚的專家，不過今天晚上站在廚房裡不是因為他是大廚，而是因為抽到籤。

我一直以為這裡是賣簡餐的，結果根本不是一般的店家。每天想來的人聚集至此然後抽籤決定誰做飯，像一家人一樣一起吃晚餐。就是這麼特別的共用廚房。

我還緊張著柿本先生會敲詐我，真是鬆了一大口氣。而且柿本還連我的材料三百圓都付了，說是什麼他中了高賠率的賽馬券。

順帶一提，今天抽籤因為我是第一次，所以可以不用加入抽籤。

「好啦，差不多快完成了。」

金子先生用大勺將醬汁舀進小盤中確認味道，點點頭嗯了一聲。奈央小姐很開心地站了起來。

「真不愧是金子先生！速度好快喔。傑普啊，雖然餐廳裡的日本料理也是讓人很心動，不過金子先生做的豬肉馬鈴薯真的是鬆鬆軟軟，而且明明剛做好卻非常入味，真的很棒喔。你可以好好期待。」

聽說平常角落美食都是從相傳的食譜筆記本裡面選一道菜來做，不過今天因為我是泰國人，所以金子先生本來打算特別做道餐廳的日本料理給大家。然而柿本卻一臉嫌棄地阻止他。

金子先生似乎覺得有些不滿，不過還是遵守規則挑了豬肉馬鈴薯。

「這是日本的闔家團圓料理喔，你知道闔家團圓的意思嗎？」

「闔家團圓？」

一家人聚集在一起放鬆，日文好像是那樣說的。而據說日本人闔家團圓在一起吃的東西，就是火鍋或豬肉馬鈴薯。

「豬肉馬鈴薯有闔家團圓嗎？」

奈央小姐和純也似乎有些不解的樣子，不過加奈和金子先生非常熱烈表示豬肉馬鈴薯很有闔家團圓感。

不管怎麼說，應該都是日本家庭非常熟悉的家庭料理吧。

大家爭論要火鍋還是豬肉馬鈴薯到最後一刻，結果因為馬鈴薯比較便宜這個理由，最後決定是豬肉馬鈴薯。

這麼說來，寄宿家庭那邊沒有做過火鍋。不過我根本也無法想像那個家裡大家圍著一個火鍋的樣子。

另一方面，豬肉馬鈴薯應該在超市賣剩的熟菜清單出現過幾次。但還是一點都不像是有闔家團圓的氣氛。

不過那個家可能根本沒有什麼闔家團圓吧。

餐桌準備好了以後，大家一起雙手合十說開動囉。

每個人一個大飯碗裡裝滿了分到的豬肉馬鈴薯，材料有切成塊狀的馬鈴薯、紅蘿蔔、蒟蒻絲等等，每種都看起來閃閃發光好像很好吃。據說這種菜單的肉原先應該要使用牛肉，不過角落美食的食譜筆記本上寫著要用豬五花肉的樣子。熱騰騰的蒸氣伴隨著一股溫和的甜味，光是看著就流口水。

「好啦，快點吃吧。」

在金子先生強烈推薦下，我將手伸向大飯碗，將筷子戳進馬鈴薯裡。蒸氣馬上從切開的裂縫冒出來。稍微放涼一點輕輕咬下去，那煮到鬆軟的馬鈴薯和香甜的高湯一起在嘴裡散了開來。

這跟超市的調味完全不同，沒有那種讓人吃幾口就厭倦的強烈味道。這個口味溫柔到幾乎讓人無法聯想是這麼粗獷的金子先生做的菜。而且就跟剛才奈央小姐說的一樣，這簡直就像是昨天就燉煮好然後放到涼一樣，非常入味。

「傑普啊，燉煮料理要放涼的時候才會入味喔。」

我小時候總鬧著想趕快吃泰國料理中的燉雜菜的時候，外婆就會摸摸我的頭溫柔地這樣告訴我。

金子先生到底是用了什麼樣的魔法啊？我這個疑問似乎傳染出去，加奈睜大了眼睛。

「金子先生，為什麼能做到這麼入味啊？」

「嘿嘿，這當然是很多小秘訣累積起來的囉。話雖如此，這裡的食譜筆記本上寫得非常詳細，我只是照筆記本上面寫的做喔。雖然是外行人的筆記，卻真的考量了很多方面呢。」

「早知道就應該好好看金子先生是怎麼做的。」

加奈如此感嘆，旁邊的奈央小姐也點點頭。

「哼，妳們兩個不會做菜的，光看就能記得嗎。」

柿本先生這惡毒的話語不像是開玩笑，而是打從心底瞧不起她們的感覺。這個人不管去了哪裡，似乎都不打算讓人喜歡，有時候甚至還故意擺出惹人嫌的態度自得其樂。

「澀柿，話題還是拉回來吧，你是怎麼有辦法認識這麼正經的人啊。」

金子先生夾起配菜的豆腐泥涼拌菜一邊問著，被叫做澀柿的柿本用力皺起臉。

「我哪知道，我又不認識他。」
看柿本是不打算回答的樣子，金子先生和大家的視線都集中到我身上。
正在享用涼拌菜那豆腐泥的鬆軟口感和淡淡芝麻香氣的我，忍不住眨了眨眼睛。
不知道該怎麼回答，只好老實直說。
「柿本先生，打工超商的客人。今天，有討厭的客人糾纏——」
「我知道了，那個討厭的客人就是澀柿吧？」
在我說完之前，金子先生就這麼問。大家哄然大笑。
「不是那樣——」
正當我打算好好說明，這次是柿本打斷我。
「不要講那麼無聊的事情。話說回來奈央，妳怎麼突然對做菜有興趣了。
該不會是那個，終於找到男人啦。」
說這種話，要是眼前是泰國的強悍女生，他應該早就被打了吧。不過奈央小姐只有臉紅，是相當內向的人。
之後也是大家隨意提出話題，整餐飯相當熱鬧。我在跟人一對一說話的時候勉強還行，不過日本人之間開始聊天，就會聽到一大堆不懂的詞彙，光是要跟上就很拚命了。

我吃了一口據說是奈央小姐一位也經常來這裡的男性朋友做的米糠醃漬菜，對於已經習慣了豬肉馬鈴薯甘甜氣味的口腔來說，這溫和的酸度真是恰到好處。跟酸黃瓜有點像，卻沒有那種刺激舌頭和喉嚨深處的強烈酸味。豬肉馬鈴薯跟米糠醃漬菜還真是對味啊。

大家一直在聊天，只要漏了一句話的意思，之後就一整段都聽不懂。

不管是在角落美食的外面、還是在裡面，我都不在笑聲圈內。

這種有點討厭的心情驟然浮上心頭，我連忙挖了口白飯放進嘴裡。

閃閃發光的米粒略有彈性而甘甜，這種富含水分的華麗口味，和一樣是白米的泰國米不管在香氣還是風味上都迥然不同。就像泰國人和日本人都是亞洲人，卻大異其趣。

對話的速度越來越快，在我耳中已經完全是意義不明的連續聲音。

我不知道自己該如何是好，只是每咀嚼一次白米，就覺得更加被排除在外。好像只有我一個人的座位是分開的，孤零零飄盪在空無一物的空間裡面。

那些因為知道我是外國人沒辦法好好回嘴，所以採取強硬態度的便利商店客人。只因為我是泰國人，就不讓兒子接近我的寄宿家庭。無論怎麼努力用功、用功，都跟不上的對話。相似卻不同的肌膚顏色。相貌。很冷、很冷的晚秋季風。

——我是這個地方的異類，而且如今妹妹和外婆也不需要我了，就連我應該著陸的地面都不知消失到何處。

這種心情，想來桌邊的其他人都不懂吧。這些在白米之國被富裕養大的人們，不會懂。

我把沒吃完的飯放回桌上，不經意地與柿本對上視線。他正用牙籤剔著牙，眼睛一副他已經看透我思考的所有事情，讓人很不安。為了逃避他的視線，我拿起餐具離席。

「你討厭這個國家吧。」

柿本在一片喧囂中抽身跑來問我。

「日本嗎？——超討厭。」

我就像看著賽馬場賽道那樣，視線一動也不動地回答。

因為柿本不像一般日本人那樣彬彬有禮，所以我也能老實開口。跟他在一起反而輕鬆，這種感覺讓我有點難以理解。

柿本聽見我回答以後嘻嘻笑著，是我至今看過最天真無邪的笑容。我那種回答居然讓他露出這樣的表情，這人到底是有多扭曲啊。

離開角落美食以後，他帶著我來到舉辦夜間賽馬的場地。

「反正比平常早吃完，你陪我吧。」

就在我洗完餐具回到座位以後，他邊這樣說，也沒告訴我要去哪裡就把我帶出角落美食。

似乎光是白天的比賽還不夠，這家賽馬場連晚上也要馬兒跑。將時間浪費在賭博上實在太蠢了。發現目的地是賽馬場，我不打算入場而馬上回頭，結果他又纏著我說泰國都是這樣對待恩人的嗎？但我還是想拒絕他回去，不過想起寄宿家庭那種沉甸甸無處可逃的空氣，又覺得似乎跟柿本在一起還好一點。

柿本非常高興地大叫著。

「我也覺得這個國家很噁心。你看，在這裡的客人，要不是發情的情侶、就是閒得要死的大學生還有壓力滿滿的上班族、白天賭不夠晚上還要繼續的老爸——都不是些什麼好東西對吧？」

柿本高聲到旁邊的人都能聽見，不過他的聲音還是被開賽前的興奮及嘈雜壓過，消失在淡淡發亮的東京夜空中。

「我們、也在裡面。不是什麼好東西，一樣。」

「怎麼，你懂就好啦。」

我皺起臉來，呸的一聲將口水吐在腳邊。旁邊那對情侶的女生慌張躲開以後瞪了我一眼。

「你在日本幹嘛啊？」

或許對柿本來說他只是隨口問問，然而對我來說卻是天外飛來正中核心的問題，讓我一時之間不知道該怎麼回答才好。我思考了一下，說了一個不痛不癢的回答。

「去大學、念書，要賺錢。」

雖然那是不久前我還充滿熱情時候的事——

「怎麼，就為了那樣來留學，你是泰國的有錢少爺嗎？」

柿本一臉下錯注似的將罐裝啤酒往嘴邊倒，看他用力打了個大嗝，我很不高興地反駁。

「我家、很窮。貧民窟的、日本ＮＧＯ說，來念書。」

「喔？還真的到處都有那種事情啊。」

柿本一臉意外地脫口喃喃自語。

「什麼意思？」

他沒有回答我的問題，只是又浮現那種嘻嘻笑的嘴臉。

「果然哪。你的眼睛怎麼看都不像是有錢人小孩來日本遊學玩耍的。」

「眼睛，很奇怪？」

「你的眼神一直都是肚子餓到不行那種感覺。小時候一直都餓著肚子的小鬼啊，以後不管吃多飽，也永遠都是那種眼神啊。總有一天——」

「總有一天？」

在我聽到回答之前，告知開賽的鈴聲響起。

柿本也許有回答什麼，或許他根本沒有回答。無論如何，我都沒有聽見。因為場內歡聲雷動。

他在我旁邊一邊喝著啤酒，同時揮動拳頭並且面對正衝往終點的賽馬群吶喊著什麼。

看著他的樣子，我的腦袋一瞬間閃過一個想法——或許他也抱持著跟我一樣的空虛。

「都是因為你害我白白飛了五千。」

柿本跨大步走出場的同時開口抱怨。

最後一場比賽結束後，賽馬場的出口擠滿了要離開的客人。

「我什麼，都沒做。」

「是你今天要我賭二—五—六的三連單啊？」

我怎麼可能說那種話啊。首先我根本不知道三連單究竟是什麼。看我一語不發，柿本反而語出驚人。

「我啊，是用你打收銀機的習慣跟收據上面的價格組合來賭的。你負責結帳的時候有用手指咚咚敲打櫃檯的習慣吧？敲一下就是單勝；敲兩下是連番；敲三下就是三連單。其他還有很多種啦。」

我支吾著凝視自己和柿本在路面上拉長的兩道影子，似乎是我打收銀機的習慣不知何時被他編織進賭博裡了。

我猛然想起中午結帳時發生的事，所以開口問他。

「我的拳頭，為什麼，擋住了？」

就算我沒有真的揍下去，如果客人去客訴的話，我的打工大概就得為了那種爛人而被炒魷魚了。雖然我應該要感謝他，但驚訝勝過其他想法。我這結結實實練出來的直拳，可沒有軟弱到路邊隨便一個人都能擋下來。這可是我為了活下去，請一名據說是前泰拳選手的流浪漢訓練出來的，這拳頭我可是很自豪。

當然，我畢竟只是一個少年。有一天我偷東西被抓，一群人圍毆我，而我像老鼠一樣倒在路邊的時候被不認識的外國人救了。那是一個為貧民窟中由於貧窮而無法去學校的孩子們施行教育的日本ＮＧＯ團體。如果那時沒有遇到他們，我的人生肯定完全不同。

之後又有許多偶然疊加，所以我才會在這裡。有很多人說我這一路真的是非常幸運，但我自己的感受就很難說了。

不知不覺我們已經走到車站。

柿本忽然停下腳步。

「你的拳頭看起來就跟蝸牛的速度沒兩樣。」

一起進入閘口，我舉起手說掰囉，柿本則往反方向的月臺走去。那道在樓梯往上的背影越來越小。

「柿本！」

一回神我才發現自己正在大叫。

我剛才想問的，不是為什麼他能擋下我的拳頭那種枝微末節的小事，是別的事情。

柿本一臉狐疑地回頭。

沒錯，是非常重要的事情。我想柿本應該有答案。

一秒前我還那樣肯定，然而我想問的事情，卻在人群當中化成小碎片飛散，越來越捉摸不到。

柿本無力地搖搖頭，朝我皺了皺臉，然後又轉過身跨出步伐，沒有再次回頭。

第二天我的打工正好沒排班，從日文學校下課後，我在房間裡抄寫著漢字，忽然響起敲門聲。

在我說了聲「請」之後，啟馬快速溜進我房間。

「我畫了張圖，是想像傑普你家人的臉在照片中動起來的樣子。」

他微笑著遞出了素描。

「這個——妹妹跟外婆。」

「你說過想見她們吧？雖然我就算跟家人分開也很難想像那種心情啦。」

啟馬在床上坐下，低頭看著地板彷彿喃喃自語。

「謝謝你。好像在呼吸。比照片厲害。」

啟馬細細的眉毛稍微往上跳了一跳，那打了一整排耳洞的耳垂都紅了。

「畫畫的事，爸媽，說了嗎？」

啟馬輕輕搖搖頭。

「還沒——我也覺得差不多該提了，不過那些人大概一點都不懂畫，要叫我去工作的想法恐怕也不會改變吧。」

啟馬垂下臉一秒，然後又直直看向我。

「不過我一定會跟他們好好說的。」

看得出來他的決心相當堅強。

他的心中有個不會出錯的羅盤，對於將來要走的方向毫不迷惘。那耿直的視線令我感到眩目不已。

我想他應該會拋下不知該往何處去、浪費時間的我，自己奔向很遠很遠的地方吧。

我的心口一帶有種討厭的感覺隱隱作痛，是我不常感受到的不舒服。

「傑普，你怎麼啦？」

「沒什麼。謝謝。我會珍惜。」

好。啟馬笑著說。

真希望他能維持這個表情從出口出去，我是打從心底這麼想的。

這份心情絕非謊言。

我跟往常一樣站在收銀台，柿本出現了，該不會學不乖，又去賭賽馬了吧。這個人到底是做什麼工作的啊？既然他有錢一直賭，應該是有在工作吧，但又完全無法想像他是做什麼樣的工作。

如果是在工地勞動的話，那應該肌膚會被曬得更誇張吧。或者是在附近的市場工作？不對，感覺他就會被客人討厭。

如果是其他可以單獨執行的工作，這種不討人喜愛的個性能夠做到嗎？

這個謎團重重的人物，今天又看著我打收銀機的樣子自顧自點頭。

「今天是單勝啊。沒中就是你害的喔。」

「不是我的錯。柿本、自己賭的。」

「我說你啊，至少尊稱年長者先生吧。——對了，今天要去角落美食。跟之前一樣時間等著啊。」

柿本邀我的語氣彷彿我一定會去。

「在寄宿家庭吃飯。外食、花錢。」

「我才不會讓苦哈哈的留學生付錢啦。反正你跟寄宿家庭講一下就好了吧？總之你要來喔。」

柿本粗暴地抓過裝了商品的袋子，又跨大步走出去了。

「謝謝您啊。」

為了避免又掉了音，我慢慢說完這句話。我想應該是還可以吧。

柿本瞬間停了下來，又百般無聊似的哼了一聲出去。

結果我又來了——

我再次站在角落美食門前。

我明明沒打算來的，但是打工結束後我應該要走回寄宿家庭的腳步，卻很自然停在這裡。

明明是誰在那邊抱怨白米的啊？

我故意對自己丟出惡劣的問題，結果只得到 mai pen rai 這種隨隨便便的回答。

這句話的意思是「沒差啦」，通常是泰國人用來含糊帶過一件事情的語句。

「你呀，來了就趕快進來啊。」

門忽然被拉開，柿本一臉不高興地皺著臉。我一下子不知道該回他什麼，在他催促下無可奈何踏進店門。

今天是純也、奈央小姐、柿本還有兩個不認識的男人。

「喔你就是那個傑普嗎，我是丸山。」

丸山先生聽說是在公所工作，是個皮膚白皙給人安穩印象的人。感覺假日會在鋪了榻榻米的房間裡吟詠俳句之類的，換句話說，就是和柿本完全相反的類型。

「我是一斗，請多多指教。」

在奈央小姐旁邊輕柔微笑的一斗先生非常高眺，也給人一種相當溫柔的印象。

除了柿本以外，今天的成員也感覺人都很好，氣氛相當柔和。

我馬上就感到自己被排除在外，有點後悔來到此處。但是已經要開始抽籤了，我也只能乖乖進入圈子裡。

我沒有做過日本菜，就算在泰國，飯菜也都是外婆和妹妹做的。我的專業是偷材料。

冷靜點，傑普，機率是六分之一，不會抽中的人占多數啊。

在一斗先生和奈央小姐抽完籤後，那長長的籤棒被遞到我眼前。

我閉上眼睛，一口氣抽出指尖碰觸到的木棒。

「唔哇，怎麼偏偏是你。」

柿本不耐煩地高聲抱怨，我膽戰心驚地睜開眼睛，手上那木棒尾端清清楚楚有著紅色標記。

我不知道要做什麼才好，所以決定做先前金子先生幫大家做的豬肉馬鈴薯。因為我沒辦法閱讀食譜筆記本，所以柿本說會進廚房幫忙。

奈央小姐一臉稀奇地看著柿本走進廚房，然後跑來跟我說悄悄話。

「雖然很不甘心，不過柿本先生很會做菜喔。」

雖然這有點令人難以置信，不過進了廚房我就完全懂了奈央小姐話中的意思。

在便利商店的時候，他總是捏著體育報、搖搖晃晃地跨著外八步子，怎麼看都感覺很邋遢，但是人在廚房裡的柿本，卻會對我下達相當明確的指示，手腳也非常俐落。

「不是那樣啦，菜刀怎麼這樣握。」

柿本將菜刀從我手上搶過去，自己握給我看。

「懂了嗎？你那種握法是小混混拿刀子威脅別人的時候的握法。真是個沒教養的傢伙。」

柿本的嘴巴這麼壞，他本人肯定也不是多有教養。不過我光是要切材料就拚上性命，實在是沒有閒情逸致跟他鬥嘴。

在我艱辛用滾刀切著紅蘿蔔的時候，柿本已經把馬鈴薯放進微波爐裡。

「紅蘿蔔也快點拿來啦。」

急匆匆的柿本旁邊，一斗先生和奈央小姐正開開心心地幫配菜裝盤。好像是一斗先生帶來的涼拌紅蘿蔔絲還有芝麻醬菠菜。

「欸你們兩個，不要在這邊親親密密的。」

柿本把他們兩人趕到桌邊。

「不要那樣講，一斗先生有女朋友啊。」

奈央小姐雖然連忙否定，但是整張臉紅到額頭。我還以為他們兩個人在交往，知道原來不是還真有點驚訝。該不會是奈央小姐的單相思吧。

好不容易把紅蘿蔔切完，柿本很快速地更換容器放進微波爐裡。

「都要煮了，為什麼微波爐？」

「用微波爐叮一下啦。」

就連這種時候，柿本都不忘了糾正我的日文。

「雖然大家會說用微波爐叮一下，不過正確來說是『用微波爐微波加熱』喔。」

我這才回頭發現丸山先生不知何時就站在吧檯旁邊。

「用微波爐微波加熱？」

「沒錯。另外還有用火加熱，這種詞彙也常使用在料理當中。像是幫鍋子用火加熱之類的。」

用醬油淋、用水潑，都是同一個「用」嗎？日文好難喔。

「芋頭、紅蘿蔔這類不容易熟透的根莖類蔬菜，稍微叮一下，就不需要花那麼多時間燉煮了。而且這樣也不容易煮到變形，卻又比較好入味。」

「你也是照著食譜筆記本念出來而已吧。」

奈央小姐小小地報復柿本，他只用鼻子哼了一聲，根本不予理會。反而轉頭去把鍋子拿出來，好像放了什麼透明液體進去，然後叫我去炒肉跟洋蔥。正想著是怎麼回事，他居然另外做起了味噌湯。

「你忘記也沒差啦，反正你也不可能做兩道。」

不知何時甚至連白米都準備好了，已經唰地冒出蒸氣。

我這才發現蒸氣遙遠的那一頭有個人蹲著，純也一直興致盎然地看著靠在牆邊的一把椅子。

「那個，幹嘛？」

「在幹嘛。不是那個，是他。還有我哪知道啊。不快點攪拌肉跟洋蔥的話會燒焦喔。」

我慌張地將停下的手動起來，讓肉跟洋蔥變熟。剛才柿本倒進鍋子裡的透明液體似乎是蜂蜜，因為甜味比較不容易入味，所以要先調味的樣子。接下來把已經微波過的馬鈴薯和紅蘿蔔也放進來炒，讓甜味與蔬菜充分攪拌後，柿本又加了醬油、酒、味醂還有水，用鋁箔紙取代鍋蓋[3]。

「接下來就是燉煮了，然後分幾次把調味料加進去就可以。」

鍋子開始發出咕嘟咕嘟聲以後，我的肩膀終於能稍微放鬆，香氣也竄進鼻腔。跟先前金子先生在煮豬肉馬鈴薯的時候一樣的，是種令人覺得少了什麼的高湯香氣。

柿本不知道從哪裡拿出一個大盆子放在流理台水槽裡。

「等下在這裡面放冰水，把剛煮好的豬肉馬鈴薯放進去冷卻。」

聽柿本這麼說，我想起外婆煮燉雜菜時說的話。

「燉煮、冷卻的時候，入味。」

「喔，你知道啊。」

柿本一臉無趣地說著，同時把鋁箔紙拿起來、添加調味料。據說是這樣分成幾次加進去，會更加容易入味。

3 日本料理的烹飪手法之一，使用比鍋子小的鍋蓋來壓住食材悶煮。

雖然都不是什麼太費工夫的事情，但是把這些累積起來，好像就能夠做出金子先生做的那種非常入味的豬肉馬鈴薯。

不管是在泰國還是日本，廚房裡都一樣要讓燉煮菜冷卻，這樣才會入味，一想到這點不知為何就覺得有趣。

那鍋沒用魚醬而是用醬油的燉煮料理，發出咕嘟咕嘟聲冒著蒸氣。或許是因為這是我自己動手做的，那充斥在廚房裡的清爽香氣，比先前還讓我覺得喜愛。

離開角落美食的回家路上，我又再次跟柿本同行。

「為什麼跟著我？」

我開口問了以後，柿本咬著牙籤說，他只是剛好有事要走這邊。

「你住在這一帶嗎？」

「寄宿家庭的屋子，角落美食附近。」

「家人沒有好好照顧你嗎？」

「——不知道。寄宿家庭其他的人，不認識，不知道好還是壞。」

柿本又露出一副澀柿臉。

「就算不跟其他人比較，好的東西肯定是好的啊。你有在念書，怎麼沒辦法做出判斷啊。」

但我還是沉默不語，柿本又繼續說下去。

「哎呀，現在看你也知道大概是什麼樣的家庭啦。」

已經轉過好幾個彎，離商店街主要道路越來越遠了。柿本到底要跟到哪裡啊。

「柿本為什麼，去角落美食？」

我忽然想到要問這件有點在意的事情。

像柿本這種人，為什麼會進出那種必須社交的地方呢？我實在覺得很難理解。

「那麼久以前的事情，不記得啦。」

「很久很久以前，就去了？」

柿本往路邊吐了口口水，有些不高興地回答。

「沒有那麼久以前啦。說起來——就好像是不久前發生的事情。有個女人硬拉我進去的。」

「喔。硬拉——」

總算覺得還能接受，的確這樣比柿本自己跑進那扇拉門來得合理多了。

走在這晚餐香氣、浴室肥皂氣味混雜的狹窄道路上，我偷瞄著柿本的側臉。是該不會柿本也跟我一樣，曾經站在那裡凝視著裡面透出來的燈光吧。是不是也側耳傾聽裡面溫暖的笑聲呢？然後可能，比方說出現了一個像田上太太那樣愛照顧人的女性，硬是把他拖進去嗎？

就在此時，看見柿本一臉錯愕，我忍不住笑了出來。

「你幹嘛一個人在那邊嘻嘻笑，很噁心耶。」

「拉柿本進去的，田上太太？」

我趕緊收回笑容詢問，柿本誇張地皺起眉頭。

「蠢蛋，要是被那種傢伙一把抓住，肯定會覺得是什麼敲竹槓熟女酒吧之類的拚死逃走吧。當然是更年輕的人。」

「那，奈央小姐？」

「哼，那種小妮子誰會有興趣啊。倒是我說你啊，也該好好叫我柿本先生了吧。」

我無視他的抗議繼續想著。

奈央小姐太年輕的話，更年輕的加奈就不可能了。或者還有其他我不認識，但是會去那個地方的女性呢。而且從口吻上聽來，就連這個讓人大感棘手的柿本，似乎都相當推崇那名女性。

「那個人，漂亮的人？」

「──不知道啦。」

柿本很難得地話也不說清楚，就只是撇過頭去。

結果我還是問不出到底是什麼樣的人把柿本拉進角落美食裡，就已經走到家門前了。柿本還在我旁邊。我不知道他的目的為何，不過很明顯他是故意一路跟到我家來。

「這裡啊，還真是跟角落美食有得拚的爛房子呢。」

他抬頭看著這棟兩層樓的屋子，心平氣和說著相當失禮的話。

正當我打算說你也該走了吧的時候，家裡傳出了像是打碎玻璃的響亮聲音。

我和柿本對看了一眼，然後馬上衝進屋子裡。

「沒事吧?!」

我站在門口大喊著，但沒有人回答我。家裡面充滿一種刺痛臉頰的緊張感。

我輕輕脫下鞋子踏上玄關。

「喂，小心點。」

柿本跟我說這話的同時，眼神銳利地確認著四下。我默默點點頭，在走廊上繼續前進。有人在裡面的感覺越來越強烈。

「啟馬？媽？」

沒有人回應我的呼喚，有強盜嗎？最糟糕的是可能有為殺人而殺人的傢伙。從電視和網路上的新聞看來，東京其實並沒有想像中那麼安全。

在打破沉默的細小聲音之後，再次聽見玻璃破裂的巨大聲響。我在思考之前就跑了起來，柿本也追上我。

「拜託你住手。」

如此懇求的是母親。

我一踏進餐廳，這個平常只有電視節目聲響的地方，如今散落著玻璃餐具的碎片。

啟馬雙眼上吊、兩眼通紅。

「啟馬、爸、媽——」

我還以為只有母親在，沒想到父親也在。啟馬完全沒有看向我。母親陷入了慌亂狀態，流著淚驚慌失措地呆立在原地。

父親那彷彿醉醺醺的大紅臉龐轉向了我。

「哎呀，留學生大人回來了。你知道是吧？啟馬這傢伙，高中畢業之後不打算工作，說想要去畫畫的大學——開什麼玩笑！」

父親再次打破桌上的餐具，粉碎聲誇張地在餐廳裡迴盪，母親發出短短的尖叫。

我終於理解是發生了什麼事情，是啟馬終於開口說自己要去藝大升學。

「我說你啊，馬上給我去工作。領了薪水好好把至今我花的錢都還給我，這就是小孩子的份內之事。」

我實在無法判斷這些話是不是他憤怒之下隨口說出來的東西。雖然我有記憶以來就只有外婆了，但是父母親這種生物，難道不是都希望孩子盡可能去做自己想做的事情嗎？至少我外婆是這樣的。

「──你們擅自把我生下來，抱怨什麼啊！」

啟馬的眼神更加銳利了。

「總之你不要再做什麼奇怪的夢。」

父親冷冷放話，結果又看向我，一副很高興地笑了出來。

「我去了這傢伙什麼畫畫老師那裡跟他講明白了。不要鼓吹我兒子什麼奇怪的未來夢想。這可是我做父母的好心好意。」

這是我來這個家裡第一次看到父親如此多話。他的怒氣究竟是針對兒子，又或者是根本一事無成的自己，我也不是很明白。

只有一件事情我很肯定。

「啟馬的未來，不可以搶走。」

「什麼未來將來的，窮人哪有那種東西啊。留學生大人哪懂啊。」

父親轉向啟馬。

「追著什麼畫跑，之後丟臉的可是你。」

啟馬一拳揮向父親，但是父親的腕力比較強，結果啟馬被扭著手按住。

「啟馬！」我打算幫他，卻被柿本阻止。

「這不是我們該插手的事情。」
「可是——」
「沒關係啦，他們是父子吧？沒有殺氣啦。」
就算被壓在地板上，啟馬還是拚命掙扎。
「沒有將來的可不是我，是你吧。為什麼你放棄了人生，就要我也得放棄自己的人生啊。為什麼我也只能拿低廉薪水、怨恨別人、頂著一張糟糕的臉活下去啊。」
父親的拳頭打在啟馬的臉頰上，但是啟馬還是不肯住口。
「如果只能過那種將來，那你現在就殺了我！我的將來——我的將來如果是你這樣，現在就殺了我！」
父親的手突然停了下來，側臉彷彿被揍的是他那樣，強烈扭曲。
啟馬默默推開父親站起身，直接往我們這邊走過來。
「我要離開這個家。」
馬克現在才從房間走出來，正在驚訝是發生了什麼事情。反正他一定是在房間裡大聲播放卡通歌，根本沒發現樓下鬧成這樣吧。妹妹大概是晚上又出去玩了，似乎是不在家。

再次陷入沉寂的屋子裡，只響徹著母親的嗚咽聲。

啟馬很快就拎著簡單的行李離家了。

「我畫畫的老師傳訊息說，可以讓我住在工作室二樓。」

啟馬說這話的時候眼睛裡帶著點疼痛，卻抱著對於未來的強烈希望。他的樣子讓我的胸口再次不悅地痛了起來。

他不為其他人，而是為了自己走向出口。

和啟馬強而有力的步伐並行時，更加殘酷顯出我的腳步有多麼不穩定。

因為這樣，當父親和啟馬打成一團的時候，我的情緒反而比較偏向父親，而不是跟我感情比較好的啟馬。

現在我明白了，胸口那種不愉快的感覺，是嫉妒。那天晚上我打從心底嫉妒啟馬，大概就跟父親一樣。

在那場大混亂之後，柿本帶我到居酒屋去。第一次進居酒屋、第一次喝酒，我完全變成一個醉鬼。

「我、還沒、二十。」

「不會有人知道啦，你一副老臉沒差啦。」

柿本完全是隨口回答我，順便在我的玻璃杯空了的同時就倒啤酒給我。

我覺得自己的腦袋好像輕飄飄地長了翅膀一樣，把想到的事情都用奇怪的日文講了出來。搞不好我中間還有用到泰語。

「日本、討厭。可是我，更討厭泰國。泰國、越來越有錢，但是窮人，更窮了。」

每天在那高樓大廈金碧輝煌的夜間燈光俯視下，睡在小屋子裡。

「所以我，為了妹妹跟外婆，來日本。她們的生活，沒問題了。我為什麼、在日本？心、空空的。人生、很大。」

我把大啤酒杯咚的一聲放到桌上，柿本一臉狐疑地看著我。

「我的日文，聽不懂嗎？」

「不要對著日本人問你懂不懂日文。」

柿本也粗暴地把兌了熱水的燒酎放在桌上，還打了個誇張的嗝。柿本還真的是不管何時都不打算讓人喜歡的男人。

「聽好了，怎麼可能有不空空的人類啊？人類就是要一輩子都空空如也活下去。」

「空空如也？一直這樣？騙人！」

孩提時代我為了吃東西而偷，每天拚死竄逃。那時候的我一點都不空虛，活下去並沒有這麼痛苦。

「哼，那只是有為了什麼事情拚命的話，就會忘記其實自己空空如也啦。不過那不表示空虛有被填補起來了。不管是你、我，還是在這個世界上的傢伙，大家都是很糟糕的空虛爛人啦。」

柿本一副萬事知曉的語氣，讓我有些生氣。

「我的心情、柿本不懂。」

「不懂的是你啦，年輕人。」

我看著柿本彷彿柿乾的臉龐，用醉醺醺的腦袋思考著。

看來柿本果然也曾經抱持著空蕩蕩的心情，愣愣站在那間角落美食的門前吧。

然後有個女性拉著他的手，硬是把他帶到裡面去。

所以柿本才會對我做一樣的事情？還特地跟著我來看寄宿家庭的樣子？因為在我身上看到過去的自己——

這個不惹人喜歡、嘴巴壞、下流又邋遢的男人，該不會其實是個有點好的人吧？

我抬起頭來看著柿本，一個超大嗝衝向我。那個氣味混著口臭，刺進我的鼻腔裡。還真的是非常有他風格的討厭氣味。

果然柿本就是柿本，才不是什麼好人。

也不知他是何時點的，一碗豬肉馬鈴薯被送上桌。

今天第二頓豬肉馬鈴薯。

「為什麼、又點了豬肉馬鈴薯？肚子很飽啊。」

「闔家團圓不就是要吃豬肉馬鈴薯嗎？閉上嘴吃啦，笨蛋。」

我跟柿本兩個人，闔家團圓？

試著吃了一口，或許本來是冷凍的吧，早就失去鬆軟口感的馬鈴薯在嘴裡有氣無力的散開。

「這個、好難吃。」

「這不是當然的嗎。跟你一起吃豬肉馬鈴薯，好吃還得了啊。」

柿本平心靜氣回答我的抱怨。

慘淡的夜晚、破碎的闔家團圓，不過我還是覺得跟柿本一起吃難吃的豬肉馬鈴薯，倒也沒那麼糟糕。

豬肉馬鈴薯的大碗空了，醉意也有種剛剛好的感覺，柿本唐突地說起話來。

「我說你啊，之後要去大學念書對吧？這樣的話，應該就會明白要怎麼處理那個空空如也吧？不然念書哪有什麼意義？不過我可不是什麼學士大大，也搞不清楚啦。」

「——柿本，處理空空如也，會嗎？」

開口這麼問的我才突然想起來。

先前我在車站樓梯那裡想問的事情，是與我的根基有關的重要問題。

我喝下一大口酒等著他的答案，柿本趴在桌上有一句沒一句地說著。

「那種東西，我又沒念書，哪會知道啊。不過，只是習慣那樣了啦。畢竟我年紀比你大啊。」

柿本猛然又抬起臉來，打了一個超大的嗝。他的食指伸向我然後大喊著。

「人生就是空虛啦。不過那樣也好啦。」

因為實在太大聲了，店裡的客人都轉過來看著我們笑。

柿本那時候應該是真的很醉了，後來就變成一個軟綿綿的大叔。結果我只能背著柿本走出店家，好不容易問出他的地址，把他塞進計程車之後就回去了。

這真的是一個無可奈何、陰沉沉的闔家團圓之夜。

啟馬離家以後，沒多久我也離開那個寄宿家庭，因為父親中止了寄宿家庭合作。

現在剛好接收留學生的國際交流中心宿舍有空房，我就直接住到這裡來。廚房可以共用，所以我也常自己下廚了。大家會誇獎我日本料理做得好，是因為我現在還會繼續去角落美食。

那空蕩蕩的心情現在也還占據我內心正中央，若無其事地鼓動著。但是自從柿本說那樣也好之後，不知為何我覺得挺輕鬆的。與其看自己心情決定怎麼碰它，我打算乾脆下定決心好好跟這傢伙往來。既然要交往就需要名字，所以我叫他傑普二世，偶爾會跟他說話。

幫他取了名字的瞬間，覺得那傢伙似乎跟我變得親近了一點。

我在日本……不，在這個世界做些什麼呢？毫不留情在眼前流逝而去的時間，我要怎麼度過呢？

我找不到答案。

即使如此，無論今天有多麼空蕩蕩，只要在容器裡裝滿食物，雙手合十說「開動了」，一定能看到明天來臨。每吃一口東西，呼吸就變強一些。嚴寒高峰已過，春天來臨的時候，我在日本就是個大學生了。或許我會學到一些跟傑普二世感情更加融洽的訣竅。

我過著不算太糟的每一天。

一邊有些遲疑地想著，那天晚上跟柿本一起吃的冷凍豬肉馬鈴薯，是我人生可以列入前三大美食的記憶。

花甲大叔
義大利麵

在進入沸騰狀態的義大利麵鍋裡，放入大量西西里島產的粗鹽，然後把人數分量的義大利麵以放射狀放入。設定好廚房計時器，站在熬煮醬料的鍋子前。

今天是拿坡里義大利麵。一般都會照著食譜筆記本上的步驟，不過我加了點美乃滋做為秘密調味料。雖然每次只要不照著食譜筆記本上做，柿本先生就會張牙舞爪，不過這樣口味會更濃郁。

「丸山先生真的很會做西餐呢，裝盤也好像咖啡廳，品味非常年輕耶。」

站在一旁的奈央小姐的話讓我苦笑了起來，看來是覺得如敝人這樣的花甲大叔，擅長做什麼義大利麵還是普羅旺斯雜燴之類的實在相當稀奇。

不過啊，就是喜歡這些原先是外文寫出來的菜色嘛，某個人啦。

我在心中冷靜地回答著，同時將已經先弄熟的材料放回醬料中。

洋蔥、香腸、蘑菇和青椒。正統的拿坡里義大利麵，預計要大量撒上我從家裡冰箱拿過來的帕瑪森起司。這比起市售的起司粉稍微不那麼鹹，和番茄醬的熱度混合在一起的時候會展現出濃郁的風味。

這樣就能讓平民菜色拿坡里義大利麵成為有點奢侈的美食。

慢慢燉煮的洋蔥鱈魚湯只簡單使用鹽巴和胡椒調味，舀進小盤中嘗嘗味道，當季的鱈魚鮮味已經充分化入湯中。果然海裡的東西就是要靠鹽量調整，這次做得很棒。

沙拉用了水菜、蘋果、切片洋蔥以及大量的特製紅蘿蔔醬料，雖然說是沙拉，不過連同醬料在內，應該要叫做生菜沙拉了吧。

「好想趕快吃喔，我肚子餓了。」

「我也是。」

奈央和加奈眼神都閃閃發光，直盯著平底鍋裡面沾上醬料的義大利麵條。那懷舊感的香甜番茄醬氣味，伴隨著複雜而深奧的香氣撲鼻而來。

好，這樣他們應該會吃得很開心吧。

「快好啦，去桌邊坐下吧。」

我朝兩人點點頭。

我也希望妳們能好好吃啊，吃一頓充滿蔬菜與感情的美味料理。

我輕輕對著兩個彷彿小狗般開心又叫又跳回到桌邊的背影說著。

這裡實在是相當有趣的地方。

一般來說根本不可能接觸到的人，不分世代、性別，有時候甚至還有國籍不同的人聚集至此，用抽籤這種有夠隨便的方法決定烹調值日生，遵循做出來的東西好吃就開心享用、不好吃就默默吃掉這種毫不講理的規則，大家一起吃晚餐。

是誰、什麼時候、為了什麼樣的目的設置這樣的場所，就連經常來這裡的人都不太清楚。雖然我一直想著哪天要好好調查一下，但或許是這把年紀了，每個日子都像是細細雪花落在水面上一樣無聲無息消失，不知不覺就來到今天。

「開動囉。」

大家一起雙手合十大合唱，今天也在這裡吃晚餐。

妻子活力十足，老是出門在外，就算我三天兩頭跑到角落美食來大展烹飪身手，也不會聽見河東獅吼。今天晚上我記得她應該是跟草裙舞夥伴們去參加紅酒起司活動之類的，消一消心中對於愚蠢丈夫的陰霾。

「唔哇，超好吃。丸山先生，這個義大利麵好好吃。」

純也那閃閃發光的食欲，讓我不禁瞇起眼睛點著頭。一開始就裝了大盤給他的拿坡里義大利麵，已經消失了一半以上。我的胃大概吃他的一半量就要罷工了吧。

「這個湯也好好喝！這是什麼魚啊？」

奈央一手撐在臉頰上，天真無邪地問著。

「妳啊，連鱈魚都不會分辨喔。這樣要嫁人還早咧。而且丸山先生啊，這個味道也太淡了吧？你的舌頭還真是老化了呢。」

挑三揀四的柿本先生，簡直就像是住在這裡的小鬼。不過這麼一想，他那惹人厭的語氣又可愛了起來。

「我明明想減肥，但是來這裡真的就沒辦法耶。」

加奈也非常努力地在吃。

這樣很好啊，這個時期就是應該盡量吃。畢竟將來不管多不情願，臉都會越來越凹的。

「不過你又擅自變更食譜了對吧。明明有規定放在那裡，你要盡量照筆記本上做啊。」

柿本先生一邊滋滋吸著義大利麵咀嚼，臉上寫著「你幹嘛加什麼美乃滋」。我想他大概是這群人當中舌頭最好的，他當值日生的時候絕對完全按照食譜去做，但是在調味料的斟酌上倒是非常能抓到味道。常來的人之中做得比他還好的，大概就只有職業的金子先生了吧。

「這個湯能讓身體溫暖呢。」

奈央搓著雙手提高了空調溫度。

就算是在這一帶逃過昭和大空襲的住宅區當中，這棟屋子也是特別老舊的，無論暖氣開得有多強，就是會有冷風從縫隙灌進來，怎樣都很難維持手腳溫暖。

「對了奈央小姐，一斗先生下次什麼時候會過來啊？我想把借的ＣＤ還給他。」

「咦?!我不知道耶。」

「啊？是喔。」

加奈似乎在桌子底下踩了愣住的純也一腳。

奈央的臉都紅通通了，哎呀如果是不容易談戀愛的孩子，總是會有些讓人著急。偏偏她又是單戀一斗。

「嘖，裝什麼羞澀。」

柿本把湯一飲而盡，瞪著奈央。

看見他那空蕩蕩的碗，我忍不住竊笑。柿本先生清空碗盤，可是勝過任何誇獎。要是做得不好，他吃個兩三口就放棄了。義大利麵他也快吃完了，看來今天晚上菜單都做得非常成功。

哎呀雖然不到純也那個程度，不過我也悄悄在期待一斗來。

我一直很在意他以前說過那些對於這本食譜筆記本的評論。

——大家難道不覺得，可能是忙著照顧孩子的家庭主婦、或者是有工作的女性，拚命想著怎麼樣才能有效率做出好吃飯菜，抱著這種念頭寫出來的食譜嗎？

也就是說，這可以說是那位女性將非常重要的某個人擺在心上然後思考出來的食譜囉。

自從聽了一斗的意見，原先早已看習慣的食譜筆記本，忽然變得比以往來得更加親近。

這是因為我站在這個廚房的時候，也是想著某個重要的人，然後握著菜刀的。

我去熟悉的小餐館喝杯酒，回到家的時候，妻子似乎還沒到家。

愛貓黃豆粉看來已經吃過自己的晚餐，沒有要走出來迎接我的意思。牠在客廳椅子上擺擺尾巴就當成是打招呼了。

脫掉西裝、換上POLO衫和長褲，我窩進書房。

才剛過十點而已，小有的部落格可能還沒更新。

我深吸一口氣，打開電腦。希望趁我酒還沒醒的時候，就已經有新文章——我每天晚上都會打開來看的網頁，是小有的部落格。正式名稱是「小有的凹凸日常」。她是東京某處的OL，部落格內容寫的是她每天所見所聞，明明不知道會有什麼樣的人看這些文章，她卻每天晚上都上傳一些幾乎讓我停止呼吸的赤裸裸內容。

一開始只是偶然看到這個部落格，但因為內容太過逼真，我完全著了魔。部落格這種東西，不管多有趣，通常也就一個月去看一次，不過我就像個中毒之人一樣每天一定要看小有的部落格。因為她的日常生活實在是太危險了。內容通常都對心臟不太好，所以帶有醉意的時候讀比較恰當。當中最讓我揪心的文章，就是關於她的同居對象始終不肯跟她結婚的煩惱。

她用「結婚死期將棋」這種半自虐的表現方式來描寫她和男朋友對於結婚這件事情的攻防戰，如果吵架的話，就會報告今天的龍王戰[4]勝負如何。個性實在非常幽默，想來一定是遺傳了爸媽的優點。

從我的最愛清單連向部落格，看來今天的文章已經上傳了。

「今日對戰是只差一步的緊迫逼人。

男人這種東西，究竟為何能夠把眼前對自己不利的事情，都當成根本就不存在呢。

在他的大腦中，婚姻制度這種東西似乎是已經不符合人類現況的負面遺

4 日本將棋職業棋士參加的比賽中，有八個排名較高的比賽，優勝者所獲得的稱號稱為「頭銜」。目前有「龍王戰」、「名人戰」、「王位戰」、「王座戰」、「棋王戰」、「叡王戰」、「王將戰」、「棋聖戰」共八個頭銜棋賽，其中被稱為將棋界最高峰的是名人戰和龍王戰。

產。今天我們一起看了紀錄片節目，內容是說法國公開認定同居也是一種關係，他大大稱讚該國是精神上的進步國家。

很顯然這是為了回應我想跟他結婚的事情，是一道防守牆，同時也是非常殘酷的攻擊。

他無論如何都不去聽，那些持續同居關係的法國情侶們，說他們經常性地抱持著不安感。

經常性不安！坐落在我心口的，就是這個。明明跟最喜歡的人在一起，為什麼我的精神還會被逼到極限呢？

住在一起五年了。

前幾天看見他包包裡露出了一張明信片，隨手抽出來一看竟然是信用貸款的還款通知。

噢不中用的男人啊，為什麼你會是不中用的男人呢？[5]

我就連他欠信用貸款的錢都還沒能開口問，實在是擔心到我的食欲都下落不明了。就算做了我最喜歡的拿坡里義大利麵也吃不出味道，一半以上都沒吃完。」

我忍不住睜大眼睛，這震撼的程度讓我只喝了一杯熱清酒的醉意輕易被打醒。

先前讀她的日記的時候，就一直覺得這男人怎麼這麼優柔寡斷。但又想著或許他是想要有男子氣概一點，自己收拾好一切以後再來求婚之類的，所以盡量說服自己不要那麼憂心。像是這個男人似乎是派遣員工，或許他是打算轉正職以後再來求婚；或者他希望等薪水高一點，否則他沒有自信之類的。

然而這樣看下來，情況是越來越不妙了。

這個男人究竟背負了多少債務呢？該不會是讓小有負擔許多不必要的生活費，然後拿去還錢吧。亂花錢的男人通常也對女人好不到哪裡去，就是這世間的常理，更別說是工作了。

陰鬱的想像不斷從內心湧出，感性日漸被消磨的心口閃過鮮明的疼痛。

看到拿坡里義大利麵總是很貪吃的小有，從來沒有只吃一半過。肯定是

5 此句模仿莎士比亞《羅密歐與茱麗葉》中茱麗葉的臺詞：「噢羅密歐，為什麼你會是羅密歐呢？」

消沉到不行。

部落格那一頭的小有，變成一個鮮明的影像在我眼前哭泣。

會看見這種幻影，是因為我和她斬也斬不斷的關係嗎？

——認真思考這種事情的五十多歲人，果然是有點噁心……不，應該非常糟糕吧。明明已經確定不會有任何新資訊，但我打算再讀一次文章所以端正坐姿。

「我回來啦。」

妻子那悠哉告知返家的聲音傳來，同時我瞬間覺得自己被拯救了，忍不住垂下頭去。

我竟然只想著讓自己輕鬆。

「老公你在書房嗎？」

聽見那啪噠啪噠踩著拖鞋的腳步聲接近，我慌張關掉部落格網頁的視窗。

妻子絕非器量狹小的女人，但要是她知道我老是看這種網頁，肯定心情也不會多好。對於我們這對彼此沒有秘密也沒有顧忌的夫妻來說，這個部落格就是我唯一隱瞞的事情。

要到明天晚上才會有新的文章，感覺還要好久。憂鬱竟然會將時間感拉得這麼長，隨著年齡增長，每天會越來越短，我想應該是很幸福的事情吧。

明明覺得已經過了一天，但都還沒中午。果不其然時間就像是個銬了腳鐐的奴隸般緩步前行。

我想著還是埋頭工作好了而拚命處理文件，不知何時已經做了兩遍工作。

「丸山先生，你精神集中到有點恐怖耶。」

坐在旁邊的久瀨泡了焙茶給我。她是個對於當今所謂男女平等問題沒有那麼在乎的女孩，經常會幫忙泡茶，也會率先清理垃圾桶之類的。雖然我不過是個在審核的時候能幫她加點分數的上司（當然也是因為她在工作方面非常優秀），但我還是希望不要有什麼壞蟲子盯上她。

「最近都是些簡單的案件嘛，我想說一口氣把報告都整理起來。」

我的部門在區公所裡面是區民諮詢窗口這種相當曖昧的接洽窗口，接受區民五花八門的諮詢。不同的日子也會有法律、不動產交易或者人權問題等專家在此對應相關的諮詢內容，不過當然除了那些特殊問題以外，也接受一般的諮詢。

而一般諮詢當中不管是隨地亂丟菸蒂，還是更換樹木位置都會有人來商量，範圍相當遼闊，甚至還會有人來詢問關於減肥的事情。當然有很多我們會慎重婉拒，不過回想起來五年前的某天收到一張傳真，促成了我和角落廚房的相遇。

我拉開辦公桌抽屜，抽出一張幾乎已經壓到最底下的傳真紙。

紙上寫著是要給區民諮商窗口的，字跡相當優雅，而且是落落長一段充滿警告的文字，不過簡單來說是這樣的。

區內某個地方有間叫做角落美食的詭異店家，看起來並沒有在營業，但是每天晚上都會有奇怪的人輪流造訪。店內感覺是在舉行某種小規模的集會。據這位匿名的區民表示，肯定是新誕生的詭異宗教團體為了躲過監視而租借了那間房子云云。

這一類的報告，百分之九十九是誤解，剩下的則是單純惡作劇投訴，所以我覺得很煩。不過既然有人諮詢，就必須要去處理一下，畢竟萬一真發生了什麼事情就糟糕了。更何況投訴書上面記載的地址就在區外人也會造訪的熱鬧商店街附近。所以我第二天就去了那個地方。

那是一間相當古老的建築物，從商店街最熱鬧的大路上轉進來，靜悄悄佇立在一旁的店家，的確是擺出了「角落美食」的看板。不僅如此，店名下面還用小小的文字表示是外行人做的，所以有時候不好吃。

原來如此，確實是非常奇怪，也難怪會被認為是新興宗教聚會場所。傍晚前似乎沒有人的樣子，所以我聯絡辦公室說不會回去了，然後在這裡等著開店。

就這樣盯梢了兩小時，接近五點半的時候終於有人過來。第一個到達的人非常熟門熟路將手伸進了建築物旁邊的縫隙，看起來是把藏在那裡的鑰匙拿出來，然後打開了大門。如今角落美食的鑰匙也還是藏在那個位置，建築物旁邊有一塊木板可以拆下來，鑰匙就放在那下面。

接著人零零星星出現了，要說奇怪的確也是很奇怪。我鼓起勇氣叫自己不要害怕，走進了那扇門。完全沒有想到之後竟然會要我自己下廚做菜——

「丸山先生、丸山先生?!您怎麼啦，身體不舒服嗎？」

一回神才發現久瀨一臉擔心地看著我，看來我似乎過於沉浸在回憶當中了。

「哎呀，沒什麼啦。我去一下資產稅課。」

我清了清喉嚨含糊帶過然後離席。

其實我根本沒有事情要找資產稅課，工作也沒有那麼忙碌，而是忽然想起我乾脆來研究一下角落美食的真面目好了。

下班前還有不少時間，我實在沒辦法光是坐在那裡等著部落格更新。

「喔，丸山竟然會來這裡偷閒，太難得了吧。」

我去區公所附近的法務局臨時櫃檯找人，大學同學長岡馬上舉起手來。

這把年紀了彼此發現竟然在隔壁棟樓上班的時候還真是驚訝，他似乎是去年轉職才分發到此的。

他的部門還算頗為悠哉，今天的客人也不多，只有兩三名穿了西裝的男性在填寫申請書、閱覽公有地圖之類的。應該是不動產業的人吧，只要在這裡申請，大家都能夠瀏覽公有地圖，可以知道土地持有者是誰。

「我想查閱公有地圖。」

「那就填寫這份申請書然後支付瀏覽費用。」

「謝啦。」

長岡是個在工作上不會過分努力，靠登山這個興趣過活的男人，臉上總是因為眼鏡而曬成熊貓臉。或許是因為他總是和大自然接觸，不會被囚禁在這狹窄的世界當中，是個彷彿一直身處在好氣氛中的男人。雖然他也是因為這種粗枝大葉個性而完全脫離了出人頭地的道路，不過那對他來說根本只是微風般的小事。

如果是這個男人，肯定不會內心抱持著無法對妻子述說的念頭吧。

他那直爽的笑容讓人覺得眩目。

辦好手續以後我馬上在椅子上坐下，開始翻起他拿來的公有地圖。對照角落美食的地址處，持有者欄位非常意外地竟然只寫著 NPO 法人角落美食。

「居然是 NPO 法人嗎？」

我下意識地喃喃自語，我還以為應該會寫著某個人的姓名——

持有登記似乎是距今十三年前左右，沒想到歷史比我猜想的還要短淺。從那棟建築物的老舊程度看來，肯定是昭和時代就蓋好的房子，可能是在登記更新之前，由其他人持有那個地方吧。查閱登記冊發現果然地籍主更換的理由寫著贈與，是某一位個人或法人將那個地方讓給了ＮＰＯ法人角落美食。

土地上的地目欄位只寫著「家屋」，確實那個地方在公所的眼中應該就只是間家屋沒錯。

不過想想我等於是找到了意外的提示，畢竟如果是ＮＰＯ法人，那麼就有義務公開相關資訊，比起個人擁有那裡，說不定還比較容易解開謎團。

看來在小有更新文章以前，我有事情可以讓自己分心了。

我向長岡道了聲謝，回到隔壁棟我自己的職場。

今天的工作早就做完了，所以我決定在下班前專心一意調查ＮＰＯ法人就好。

這個時代實在是太方便了，以前不管要辦什麼事情都得自己前往各單位歷經各種繁複手續，如今只需要在搜尋欄裡面輸入ＮＰＯ法人，資訊就會一條一條出現在螢幕上。

因為實在過於輕鬆，有時候我還真會擔心起自己會不會變成笨蛋，但這也只是對於那個古老美好卻不方便的時代有些感傷吧。

好啦，螢幕上出現的各種資訊當中，似乎是內閣府的NPO網頁比較好。連過去一看發現網頁上有區分為不同都道府縣的資訊，馬上連往東京都的部分。全國的NPO法人目前約有五萬個，當中有一萬家左右聚集在東京都內。其中一個就是角落美食。

在那個七零八落只能說真的是東京角落的地方，居然冠上了個NPO法人的名號，怎麼看都很奇怪。不過我還是在東京都那頁上搜尋了一下，確實是有NPO法人角落美食。

不過主要辦公室所在地登記在離那個商店街有些距離的地方，以最接近的車站來說是隔壁站。負責人的姓名前川清，是個沒見過的名字。該法人的事業年度似乎是每五年就會更新一次組織架構，從登記日算來應該已經更新過兩次了卻仍然繼續存活著。也就是說，這個叫做前川清的人是有刻意維持該場所存在的。

總之能在桌前得到的資訊大概就是這些了，我記下地址、電話號碼和負責人姓名以後緩緩起身。

「久瀨小姐，我有個想調查一下的地方所以要外出。今天應該就直接下班了，有沒有其他問題？」

「不會，沒問題的——……」

她微笑著說這句話，又下意識把後面吞了回去。

不會，沒問題的爺爺。

這讓人有點傷心，畢竟敝人還有三年才要退休呢。我覺得自己的力氣和體力都還相當充分，然而在這公所裡已經是擔任閒差的年齡。更何況像她這種先前還是學生年紀的人看來，我應該真的是老爺爺了吧。

要是小有看到我，不，雖然就算萬一也不會發生那種事情，但她是不是也不會認為我是個大叔、而是位爺爺呢？

我輕輕搖搖頭，調整自己的呼吸。

如果只是要稍微撐過心口疼痛，倒也不是那麼困難。

在一整排大樓的馬路上，只有一個在垂直方向凹了下去的古老獨棟房屋。那裡似乎就是ＮＰＯ法人角落美食的辦公室。

我按了按門鈴，但是無人回應。

「不在嗎——」

我正遲疑是否要在這裡等一下，有個騎著腳踏車經過、看起來應該是家庭主婦的女性開口喊我。

「哎呀，是會館辦公的嗎？」

莫非是我的樣子看起來就給人辦公室員工的感覺嗎？

「是啊——」

我有些遲疑地回答她。

「他們兩個人都說今天會晚點回來唷。」

那位主婦拋下正打算詢問此處詳細的我，匆匆忙忙就離開了。

他們兩個人，也就是說ＮＰＯ法人主要是由兩個人來經營的嗎？

這裡並沒有掛出看板，看上去就只是普通的民宅。門口上的姓名牌跟登記上寫的負責人一樣，雕刻在上面的姓氏是前川。

也不知道他們會多晚，雖然有些遲疑，但我還是離開了。

原本想直接前往角落美食，但是那樣就得搭上跟我回家反方向的電車。忽然覺得實在提不起勁，所以我決定今天就直接去小餐館喝一杯。妻子今天應該是刺繡社團的集會吧，明天是合唱團的晚餐會。她的活動多到讓我也擔心起自己在退休後是否會變得比現在還要忙碌。

我在小餐館點了剛進入季節的白子天婦羅和湯豆腐，緩緩啜著熱清酒。我總是只點日本料理。但我站在角落廚房裡做的，一定是西餐。雖然沒辦法做給小有吃，我還是做西餐。

用酒精讓我自己搞不清楚時間的流動，藉此度過焦急等待部落格更新的心情。

但是時間越來越接近，醉得差不多了，我還是確認著時間，苦惱地踏上歸途。

然而偏偏就只有今天，妻子提早回家。

「哎呀，你今天還真悠哉呢。」

「是妳比較早吧。」

「我偶爾也想說可以回家再續攤啊。哎呀最近也沒好好跟你喝嘛。」

呵呵笑著的妻子簡直是老狐狸，要是我沒能好好隱瞞，恐怕我的動搖，或者該說是接近失望的情緒肯定會被看穿。

「那我換個衣服來。」

我若有其事地好啊好啊點著頭，移動到寢室去。關上門以後重重嘆一口氣。偏偏就是在我想看小有發現同居對象欠款的後續情況這天，為何妻子會這麼早就回家了呢。

呃呃，小有差不多要更新部落格了吧。我明明想盡快打開電腦，但是妻子卻準備了炒山菜跟高湯蛋捲在餐桌上等我。

這樣一來，就只能喝悶酒了。

我下定決心回到餐廳面對妻子。

「你是不是胖了點啊？要不要再去快走？」

「啊，說得也是。週末的時候一起去走走吧。」

我一邊啜飲著，開始聊起稀鬆平常的事情，真希望能趕快喝醉。如果能嘿呀嘿呀地就這樣醉下去，應該就能夠壓過內心這份焦躁感了吧。這時候就別去想明天的工作了。

「遇到什麼讓你心情不好的事情嗎？喝得還挺快的呢。」

「嗯，畢竟我負責諮商，這工作簡直跟萬能商店沒兩樣，就是會有些很難搞的人來啊。」

其實今天的諮商問題大多徐緩如春日陽光，不過我也是有相當工作經驗的人，這點回話我也是可以輕輕鬆鬆說出口。

「這樣啊，那為了助興，就拿點好酒出來吧。」

妻子說的好酒，指的是濁酒。這東西我們並不會分給其他人、也沒打算私下賣掉，就只有我們兩個人喝，但味道真是出奇的好。是妻子跟顧孩子一樣小心翼翼發酵做出來的，想必味道也是因她的愛情而更加深厚吧。

不管是植物、貓還是米麴，妻子非常喜歡自己耗費工夫培育東西。

我們是沒有孩子的夫妻，這件事情或許對於妻子喜歡花工夫在東西上面有什麼影響。

關於孩子這方面，雖然我們有稍微調查了一下有沒有什麼原因，不過並沒有什麼特別的理由，就只是年齡已長所以不容易懷孕。當時不像現在這麼盛行不孕治療，而且也不是能夠大肆張揚的時代。

妻子在剛結婚的時候似乎也對這件事情悶悶不樂，不過後來發揮了她的開朗天性，開始享受起生活。愛貓黃豆粉和我們兩人，這樣應該是頗為均衡的吧。

隨口回應著妻子無邊無際的對話，不知不覺竟然說起我家那比貓咪額頭還小片的庭院。

「中田太太那裡啊，說是請了專家去整理他們的庭院。所以我今天就去打擾人家、參觀一下，沒想到居然變成一個充滿質樸意象、感覺很棒的庭院呢。哎呀就好像是一張不怎麼樣的臉龐，透過美容整型變成一個女明星那樣。」

說得也太誇張了吧，而且在發放冬季獎金前提這個，感覺有點危險。

「所以啊，我知道你也想要一臺新的電腦啦，不過你看看，我們家的庭院也差不多想改一改，讓黃豆粉能出去曬曬太陽呢。」

正當我想著來啦！的瞬間，她居然提出黃豆粉，讓我瞬間喪失了戰意。

「——喔，也是。看妳想怎麼處理吧。」

對於我們夫婦來說，黃豆粉就跟心愛的女兒差不多。

而且我無法阻擋妻子對黃豆粉的愛。

不能只有我對小有灌注自己的心情、偷偷看她的部落格。

她大概盤算著要商量一些時間吧，愣了一愣才「哎呀，好啊。」然後點點頭。

半夜確認妻子已經熟睡後，我才去看小有的部落格。

文章已經更新了，然而內容卻是陰沉無比。

「我問了他信用貸款的事情。

他一開始還想跟我裝傻，但在我們攻防之下，他可能覺得算了，就老實說出他大概欠款一百五十萬左右。

一百、五十、萬元——?!

車子零件、旅行、鞋子、包包、請晚輩吃飯，我還以為他只是比較沒有那麼守財的人而已，沒想到完全是負債購物。

『我一直說不出口，對不起。沒還錢之前，我沒辦法結婚。』

他就這樣坦白告訴我。

完全是決定性的發言，我走上結婚的道路，就像是用筷子夾年糕那樣越拉越遠。心情則像是跌到了谷底去。

但是笨蛋和天才只有一線之隔，或許天地也只是表裡罷了。我冷靜下來以後，心中出現一道光明。

——也就是說，解決借款問題以後，他就可以跟我結婚囉？

不僅僅如此，想幫他、能拯救他的只有我，這種使命感充斥在我心中，剛才還掉到谷底的心情，現在卻非常高亢。※我並沒有服用任何類型的藥物，特此說明。

現在我的視線正對著衣櫥，裡面一個小抽屜裡放著我自從當ＯＬ以來一直沒有動過、就只是默默存進去的定期存款存摺。

拿出那本存摺，發動逆向求婚大作戰。

或許是我相當興奮，並不覺得肚子餓，今天也沒怎麼吃東西。

但總覺得肌膚開始有些變粗糙了真糟糕。」

讀完文章的我完全被擊沉。

不行，定期存款不能動啊，逆向求婚什麼的，拜託不要。

心心念念等著文章更新，竟然等到這種結果。或許小有的精神也是被逼到極限了，而我的胃也像是被扭攪一樣刺痛。

——要是小有至少能好好吃東西的話。

沒有吃東西，就連大腦都不會工作。不只是肌膚，肯定就連心情都會失去彈性。拜託妳要吃飯。我希望妳能讓營養充分抵達大腦和心靈，這樣才能下正確判斷。

要是我能站在小有家的廚房——

想像著不可能發生的事情，我緊咬嘴唇。

愛是多麼令人顫慄啊。

不，把這稱之為愛也未免過於失禮、是不可原諒的。

妻子的臉龐浮現在眼前，我用力閉上眼睛。

第二天我又在前往角落美食之前先去拜訪ＮＰＯ法人角落美食的辦公室，但似乎還是沒人在。或許在接近下班時間的時候，辦公室的人都不會在吧。

我只好直接前往角落美食，今天是田上太太、純也、傑普、奈央還有一斗。

「咦，丸山先生好難得在接近五點半的時候才到呢——發生了什麼事情嗎？怎麼看起來好像很累耶。」

連奈央都擔心起我，不禁反省我的臉上到底是露出多疲憊的表情。

「不，沒有什麼啦。大概是因為工作比較忙吧。」

我把視線從依然一臉不安的奈央身上轉開，去準備抽籤用的木棍。不知為何我在的時候，總是我負責拿籤。

值日生抽到了奈央，這時候柿本先生又滑壘進門。

「搞什麼，今天又是味覺白癡負責啊。」

「都已經截止報到了，你離開就好啦。」

「又還沒買材料，沒關係吧。」

柿本面無表情地回應奈央的抗議，翻開賽馬報在桌邊占據了位置。

「我也是有在進步的啊。」

一邊碎碎念一邊準備出去買材料的奈央，又被田上太太糾纏。

「哎呀呀，真的是變了個人似的呢，呵呵呵。」

「田上太太，妳不要笑得那麼奇怪好不好。」

雖然馬上就臉紅這點也挺可愛的，但果然是令人擔心。一斗也不曉得究竟是知道不知道奈央的心情，在一旁眨著眼睛。

「奈央小姐，我餓壞了，希望是比較有分量的東西。」

「好～那我做炒蔬菜好了。」

「哎呀，那只需要炒一炒也不會太難吃，真的是拜託妳了。」

雖然柿本先生一臉不滿，奈央還是出去買東西了。

這個時候一斗做起了味噌湯的高湯，還煮白飯，處理一些比較細節的工作。畢竟全部都交給奈央一個人的話，她做起來還不夠俐落，會很慢才做完所有東西。

手肘靠在吧檯上，看著一斗的樣子，我還是覺得心情複雜、非常困惑。

他如此努力幫奈央當然也是很好，不過跟自己的同居對象發展得到底如何呢？如果一副讓人覺得有可能，百般期待之後又拋棄人家的話實在很糟糕。

畢竟我現在因為小有的事情而有些神經質，難免也用比較嚴苛的目光看待一斗。

或許是感到我有些不懷好意的視線，一斗突然回過頭來。跟他對上視線讓我有些顫抖。

「丸山先生，怎麼啦？」

「不，沒什麼——」

「欸丸山先生，就像奈央說的，你今天看起來有點累耶。要不要先坐下？幫忙的事可以讓一斗去做啊。」

所以我就是在想，這個組合有問題啊。一斗到底是抱著什麼目的接近奈央的啊？

這句話幾乎到了嘴邊，我好不容易才嚥下，坐到座位上。

「一斗啊，之後能幫忙把我做的小菜分一分嗎？我把保鮮盒放在冰箱裡了。」

「好的，非常感謝您。」

看見笑著點頭的一斗，田上太太似乎非常滿意。

柿本先生專心看著賽馬報，純也就跟最近一樣，非常仔細地觀察牆邊那把孤零零的椅子。他好像是說扶手和靠背的曲線非常美麗，光是用看的就能夠精進自己製作家具的技術。

田上太太快速掃視了周遭，然後朝我小小聲說起悄悄話。

「一斗好像跟他的同居對象分手了。哎呀你看他最近跟奈央感情挺好的吧？」

「——妳說真的嗎？」

真是讓人意外的新聞，對我來說當然是值得高興，不過田上太太到底是什麼時候得到這種資訊的啊。

「昨天當事者說的，肯定沒錯。剛好就是傑普被柿本先生拉來的那陣子，一斗不是不太常出現嗎？好像就是失戀所以窩在家裡呢。看來奈央的春天也終於來啦。」

居然昨天一天就得到這麼多資訊。

不過原來如此，一斗跟同居對象分手了嗎？嗯，說是做音樂的，但也不是什麼已經出道的專家，不過雖然在收入上有些令人感到不安，個性倒是值得信賴。

我看向一斗背影的眼神也不禁溫和了一些。

雖然我那麼擔心，不過男女之間的事情，實在不是我這個花甲大叔能插手的。會完成什麼樣的菜色，根本完全無法預料。

要是小有至少能跟像一斗這樣溫柔的青年交往就好了——

純也接著又開始努力幫桌腳拍起照片。

「哎呀，現在換成學習桌子啦？」

「是啊，我之前一直忍不住看那把椅子，不過其實這張桌子還有大家坐的椅子，感覺好像都是同一位工匠做的作品。可是作品的完成度差異卻差很多，總覺得很奇妙。」

據純也說，同一位工匠製作的家具，都會有著同樣的味道。

「喔？味道嗎？哎呀不過這個椅子，就算長時間坐著也不會累，或許真的是不錯的東西呢。」

田上太太坐著轉來轉去看自己底下那張椅子。

「這麼說來，雖然我先前一直拖拖拉拉的，不過最近比較有時間，所以我開始調查這裡。」

其實我只是因為等待小有的部落格文章非常痛苦，但為求方便還是這麼說。

「哎呀，那知道什麼了？」

喜歡八卦的田上太太馬上探出身子，原先蹲在地上的純也從桌邊露出臉來。

「怎樣都好吧，這種骯髒的地方。」

「沒有那回事，我也想知道。」

傑普安撫著口吐穢言的柿本先生，不知何時他的日文已經講得還不錯了。

「這裡居然是個叫做角落美食的NPO法人持有的屋子。」

「NPO法人?!」

大家的聲音重疊在一起，就連廚房裡的一斗都回過頭來。

「辦公室所在地和法人的設立目的都有刊登在東京都的網頁上。大約十三年前左右成立，在那之前可能是個人持有的吧。」

說出我去辦公室拜訪兩次剛好都沒有人，傑普歪了歪頭。

「會不會沒有人住？」

「不，剛好路過的鄰居是跟我說，兩個人現在都不在之類的，所以我想那裡應該不是空屋。」

另外也說了我還被問什麼是不是會館辦公的，田上太太笑到發抖。

「畢竟丸山先生看起來就不像是跑業務的呢。」

「在公所工作的人都是辦公的啊，大概看起來完全就是那種氣氛吧。」

「那麼法人的設立目的又是什麼啊？」

田上太太一副找到了絕佳八卦的樣子，眼睛閃閃發亮。

「呃，我記得是透過烹調及餐點與附近居民交流，並且藉由繼承家庭料理，學習靠自己的雙手守護健康及生活，這樣吧。講起來就是好好做菜、好好吃飯、健康過活吧。」

「哎呀，這裡的確是呢。」

「是啊，雖然講什麼繼承家庭料理，感覺好像有點誇張就是了——」

此時奈央正好回來了，匆匆忙忙地進入廚房。吧檯那邊馬上吵吵鬧鬧了起來。

我看著靠在一起準備東西的一斗和奈央背影，而田上太太意味深長地看向我。

一斗停下烹飪的手轉了過來。

「但是想想，這裡的規則幾乎都能理解，只有一條特別奇怪的事情。就是那張椅子是永久預約席什麼的。」

「唔，的確如此。」

來這裡的時間久了以後，規則通常都只是看過去就算了，這麼說來那條的確是不太自然。

「奈央，接下來只要炒一炒就好了，沒問題吧？」

一斗在圍裙上擦著手走出廚房，轉向剛才純也還在觀察的那張牆邊椅子。

「其實先前我違反規則試著坐了一下，因為總覺得很在意這件事情。」

一斗說著便坐到那張老舊的椅子上，他那雙長腿完全落在椅子外。

奈央大概是正好把材料丟進加熱的中式大鍋裡，發出氣勢十足的嗶滋聲響。接著馬上聽見她呀地小聲尖叫，一斗猛然站起來。

「沒事吧?!」

「嗯，沒事。」

奈央的聲音聽起來有點悲壯，不過現在還是希望一斗講得詳細一點。

「所以你發現了什麼？」

「我坐坐看以後覺得，這裡是可以清楚看見整個角落美食的地方對吧。就好像是，在守護大家一樣。」

「不是環視，而是守護嗎？」

「沒錯，就是這樣。我在坐下來之前也單純覺得這裡應該是可以環視整個空間的地方吧，但實際上坐下來以後，發現桌邊的所有人都會在視線的延長線上，說是守護感覺比較對。」

「原來如此，是守護著桌邊所有人樣子的座位啊。」

「那麼就很接近母親坐的座位囉。」

「我也這麼認為。畢竟人在這裡的話，馬上就會知道誰沒吃完、誰吃完了、誰想要再添一碗之類的，而且又是離廚房最近的地方。」

但是傑普卻一副難以接受的樣子插嘴。

「這裡不是店、也不是家裡，有母親很奇怪。而且通常，媽媽會跟大家一起坐。」

說得真是沒錯。

「嗯……確實如果是母親的話，不應該一個人孤零零地在這麼遠的地方，坐在桌邊比較合理呢。」

一斗坐在椅子上搔搔頭。

「謎團很多也沒差吧，難道所有事情都一定要有答案嗎？」

先前沉默的柿本先生終於開了金口，感覺他的心情比平常還要糟。

「哇，柿本先生怎麼好像說了什麼名言佳句！」

奈央從廚房探出頭來。

「不過畢竟是三天兩頭就來的地方啊。我也一直想著應該要弄清楚這裡呢。我也去跟附近的人打聽看看好了，在這一帶住了很久的人或許會知道什麼。」

確實住在這附近的田上太太，應該比較容易找到那樣的人。

「那就麻煩了。」

「啊我也把這椅子的照片拿給加奈的外公看看好了，同為工匠或許他會知道些什麼。不過他最近訂單多到不行，根本不讓我進去工作室就是了。」

「嗯，那個方向或許也會了解一些有趣的事情。就在不麻煩外公的範圍內拜託你了。」

一斗環視整個空間側著頭說。

「但這裡真的是謎團重重呢。居然是NPO法人——會不會常來這裡的人之中，其實就有那個辦公室的人啊。」

「但是那樣的話，為什麼不說呢？」

田上太太轉了一圈看著大家發問。

「哎呀，NPO負責人登記的是姓前川的人，這裡沒有吧。除非是使用假名那就難說了。」

正在喝焙茶的純也忽然嗆了一下，哎呀年輕人就是慌慌張張。

正當大家思索起這件事情，忽然飄來一股燒焦的氣味。眼前的田上太太也抽動起鼻子。

「一直講那些無聊的事情，這下可糟糕了吧。」

柿本先生的眼睛沒有從報紙上離開，平淡地說著。

整個屋子裡面逐漸滿是煙霧，而且兩眼還猛然遭受刺激。

「怎麼辦，高麗菜怎麼好像燒起來了。」

奈央的慘叫讓大家慌張衝進廚房裡。

看來今天的晚餐是頓焦炭了。

希望小餐館還有空位——

結果吃完了苦味略略強烈的炒蔬菜以後，並沒有特別餓，所以我就直接回家了。

我在書房裡兜著圈子等小有更新部落格，都不知道更新網頁幾次了，才終於看見新上傳的文章。而且似乎還一次更新了兩篇。

事情肯定有很大的變化。

我探出身子開始閱讀文章，明明沒有吃多少東西，卻覺得胃越來越沉重。

「下定決心要求婚以後，總覺得心情輕鬆了許多。

雖然漫無目的等待很痛苦，不過能夠自己決定何時行動反而輕鬆了。

可是昨天他沒有回來。

一個人的屋子忽然變得好寬敞，是個讓人無法安下心來的空間。

今天中午我跑出公司去把定期存款解約。

之後只要跟他說我們結婚吧，因為錢已經不是問題了。

他沒有我真的不行。

神啊，請幫我加油。

——我正在打字的時候，他好像回來了。

好啦，我要去求婚了！準備將軍！」

不行。絕對不行啊，小有。怎麼能把錢交給那種男人，而且居然還要求婚，腦子絕對有問題。

妳是為了要填補什麼才那樣拚命在對著空氣揮棒呢？為什麼看到對方欠債反而更堅定要求婚呢？為什麼決定要求婚，反而覺得解脫了呢？

為什麼那麼不會看男人——

我幾乎想塞住耳朵，把自己不斷發出疑問的聲音擋在外面。

反正妳現在馬上給我離開那個男人，我乾脆留言好了。

將手掌移動到鍵盤上，又很勉強地阻止了自己。要是做了這種事情，我就只是個匿名的變態大叔而已。

雖然很害怕點開另一篇文章，但我還是顫抖著手指按下滑鼠。

「剛才我打算發動求婚大作戰，結果沒有引爆就失敗了。

我想說如果沒有欠債，結婚就沒有阻礙，所以就把解除定期的錢遞給他——

我先說結果，就是我被打了。

我要為他的名譽辯護一下，他平常並不是個暴力的人，甚至可以說是個性相當溫和。

會讓這樣的男朋友揍人，都是我不好。因為我似乎是狠狠刺傷了他的自尊。

簡直就像是將棋的棋子一樣，很難逼他走到最後一步呢，我是說人類男性。

他在打了我以後，哭著對我道歉，說他要冷靜一下所以把自己關在房間裡。

雖然我肚子餓了，卻又不知道應該要吃什麼好。我想讓自己回去那個覺得拿坡里義大利麵超好吃的日子，但現在完全迷了路。」

就這樣，我只能在這裡讀著部落格。我只能祈禱她好好吃飯、得到幸福。

因為我不過是沾黏在她的世界一隅彷彿髒汙般的存在。

但是重要的人被打了，我也只能這樣一語不發嗎？

這種人生真的有意義嗎？

我只能緊握著拳頭，而這個毫無生產性的夜晚更深了。

我有一句沒一句聽著對方商量抱怨隔壁家變成垃圾住宅的事情，忽然發現手機已經震動了好幾次。

一看很難得竟然是田上太太的來電。

非常久以前，為了保險起見，我們曾經交換聯絡方式，不過這是實際上她第一次打給我。

留言訊息錄下來的聲音聽起來有些興奮。

「我打聽到一些角落美食的事情了。還有辦公室那邊的事情，總之我等你聯絡喔。」

真不愧是田上太太，蒐集情報的能力比我這種人強多了。我連忙回電，不過她正準備要去打工，所以我們約好了彼此工作結束後見面。

昨天我幾乎沒能睡著，雖然身體相當疲憊，不過今天晚上恐怕也沒辦法安穩入睡。總覺得所有事情都像是籠罩了一層雲霧。

聽了田上太的語音留言，與其說是覺得或許能夠解開那個地方的謎團而感到興奮，更準確地說是我感到能在小有更新部落格以前讓自己有事情分心而覺得放下心來。

小有臉頰的疼痛過了一晚有稍微好些嗎？會不會又被那個糟糕的男朋友打呢？

會不會一個人在哭泣？

我將工作大概收一收，走向會面的場所，田上太太已經在那裡大大揮著手，看來她是先到了。

「真抱歉讓妳久等了。」

「沒關係啦，快點過來這邊啦，根本搞錯什麼會館辦公啦。」

「什麼東西？」

「你馬上就知道了。」

田上太太匆匆忙忙起步，搖著頭跟我說話。

還真是沒來過這裡，距離角落美食那站往市中心方向大概三站。也就是我昨天和前天造訪的ＮＰＯ法人所在地那站的隔壁站。

田上太太靠著手上那張好像是手畫地圖的便條紙，確認著方向前進。這一路上她順便告訴我已經得到了什麼資訊。

「我到處問人哪，結果有個超過八十歲但還在經營美容院的皆川婆婆，說她清楚記得那裡。」

據皆川太太說，我們去的角落美食那裡，以前是經營一個小餐館。因為夫婦倆總是用相當便宜的價格端出一些非常耗工夫的菜色，所以店裡總是高朋滿座，有許多附近來的常客。

「因為實在太過忙碌，所以後來他們有雇人幫忙。不過雇用的女性私人上好像有些不好說的事情，所以讓她住在二樓，還帶著小嬰兒的樣子。」

皆川太太連這種事情都告訴她，雖然年事已高卻還是把事情記得清清楚楚的人意外地並不少。

現在角落美食那個上三樓的階梯已經被釘上門板，所以沒辦法上樓。

離開了河岸邊的道路，田上太太轉動著便條紙，忽然往右邊拐過去。我跟上她的背影追問後續。

「雖然小嬰兒會哭，但是大家並不覺得討厭，反而一起哄孩子、給孩子牛奶之類的，結果店裡更熱鬧了。後來大家還說那孩子根本就是座敷童子[6]呢。」

說完話的同時，田上太太停下腳步。抬頭看著面向河岸的建築物，點點頭說好像就是這裡了。

「這裡嗎？田上太太妳沒看錯地圖嗎？」

「對啊沒錯，前川拳擊會館，那個ＮＰＯ法人角落美食的負責人就在這裡。」

大片玻璃的另一面有對著沙包出拳的人、跳繩訓練的人，還有在擂臺上進行拳擊練習的人。看著這個拳擊會館，我忽然想到那句話。

——哎呀，是會館辦公的嗎？

「會館——不會吧。」

聽我自言自語，田上太太用力點點頭，大大綻放出笑容。

「人家不是問你是不是在哪裡辦公的，是問你是不是這間拳擊會館的人啦。」

真是令我自己傻眼，我單純以為對方把我當上班族。

「不過拳擊會館的人為什麼會經營那個地方？」

「那個啊，聽說小餐館的夫妻過世以後，他們雇用的那個女性就接下了那個地方。但是她也很年輕就病逝了。所以有個常客，就是這間拳擊會館的人，繼承了她的遺志成立NPO法人。唔，不過這個部分的詳細經緯，皆川太太也不太清楚就是了。」

看來更詳細的事情，只能直接問負責人了。

我和田上太太對看著點了點頭，走進拳擊會館的大門。

6　日本傳說中的家庭守護神，外貌通常是小孩子。

那一瞬間，裡面所有人的視線都集中在我們這兩個闖入者身上。

那拳頭劃破空氣的銳利聲響以及打上東西的撞擊聲，以及水與清涼噴霧的氣味全部一起衝向我們。

田上太太一臉興趣盎然地環視周遭，接著視線固定在擂臺上，嘴巴卻開開的。我也忍不住將視線轉向她凝視的方向。

結果我也只能張著嘴巴，半句話都說不出來。

擂臺上的人，竟然是柿本先生。

正集中精神練拳擊的柿本先生也停了下來，看來他也發現我們了。

「你們，怎麼在這裡——」

穿著運動服和運動長褲的柿本先生滿身大汗，還戴著拳擊專用的手套。原本想著真是搞不清楚他是做什麼的人，沒想到居然是拳擊會館的訓練人員。這樣一說倒也還滿有那個樣子的，不過沒有這樣實際看到的話根本不可能知道。

「呃，歡迎光臨，兩位是家兄的朋友嗎？」

一名大概四十幾歲左右、短髮且動作相當俐落的女性走了過來。

「喔不，是我們承蒙照顧了。」

田上太太大概是回過神了，一副相當善於交際地和那位女性打著招呼。

柿本先生擺著一副完全就是澀柿的臉從擂臺下來。

「就算年近花甲，我還是非常不了解這個世界呢。」

一邊打招呼，忍不住嘆了口氣。

「嘖，太閒了吧你們。」

柿本先生一邊碎念卻也很明顯相當動搖。

「真是抱歉，我這哥哥長相跟嘴巴都壞。雖然這邊讓人覺得悶到不行，不過還是到那邊的房間坐坐吧。」

既然叫柿本先生哥哥，那麼應該就是他的妹妹了吧，嘴巴壞看來多少跟遺傳有點關係。

我還是一點都摸不著頭緒地跟在田上太太和那位妹妹後面。柿本先生則是被妹妹盯著，無可奈何往前走。他的背影看起來相當不安，這讓我有種硬是拆穿別人魔術手法般的罪惡感掠過心頭。

我偷看了一下田上太太的側臉，她的圓臉興奮得紅通通。看來對她來說這不是需要避開的表演後臺。

「請用。」

我們被帶到拳擊會館一角用玻璃隔出來的辦公區域，坐到沙發上，有人送上焙茶，柿本先生一臉徬徨無措而且不知為何相當不安地看著坐在他對面的妹妹。

最先開口的是妹妹。

「初次見面，我是柿本的妹妹前川。平常哥哥實在多受照顧。那麼這次他又出了什麼亂——」

「喂！我什麼都沒做喔。丸山先生你給我好好說明。忽然跑到這裡來，到底是怎樣啦嘖。」

前川這個姓氏是這所拳擊會館的名字，同時也是ＮＰＯ法人負責人的男性姓氏。也就是說，負責人是她的丈夫嗎？

「哥哥你閉嘴啦。真抱歉，他以前就是這樣。以現在的話來說就是溝通障礙吧？在學校的時候也是沒辦法跟別人融洽相處——」

「我說妳啊，去別的地方啦，這樣事情會變得更複雜。」

柿本先生抓住妹妹的手，粗暴地想將她拉起身。田上太太連忙阻止他。

「等等，柿本先生，我們可能有事情要找令妹啊。哎呀，我們今天是想來詢問角落美食的事情。因為聽說NPO法人的負責人經營拳擊會館，所以我們才來這裡，沒想到柿本先生也在——」

「喔。」妹妹甩開柿本先生的手點點頭：「那就不是我了，哥哥才是負責人。不過我有處理會計之類的事情。」

「柿本先生是角落美食的負責人?!」

我重複對方說的話、試圖接受現實，但就是沒辦法好好把這件事情塞進腦袋裡。

「但是負責人應該是姓前川吧。」

田上太太這麼問著，妹妹則苦笑起來。

「是啊，因為我們爸媽離婚了。柿本是父親的姓氏，所以我們戶籍上已經修改為母親舊姓前川，不過哥哥似乎覺得要改名實在要他的命，所以平常都還是說自己是柿本。」

「妳太多嘴啦。」

柿本先生啜飲著焙茶皺起臉來，一臉看起來很想喝酒的樣子。

「那麼，柿本先生你真的是負責人囉。」

田上太的聲音果然還是透露出驚訝。

「就說對啦。反正先前你們就說很想知道了，這樣夠了吧。滾回去啦。」

柿本先生打算站起身。

「根本都沒搞清楚啊。說起來為什麼柿本先生你是這裡的負責人啊？為什麼都不說？那個食譜筆記本是誰寫的？那個地方到底是誰想出來的？還有永久預約席的椅子——」

看來田上太太的大腦不懂什麼叫做疲倦，依然快速轉動著。

「啊啊煩死了啦。」

柿本先生搔著頭，一臉無奈地碎念著。

「還是換個地方吧。」

或許是不好在妹妹面前說出口的事情。

我和田上太太也接受了。

在我經常前去的小餐館桌邊座位，柿本先生一邊喝著熱清酒一邊說明。

這個時間，平常角落美食應該也差不多該做好晚餐了。

「我知道我是負責人很奇怪啦，但那時候真的沒辦法啊。」

吸盤略略烤焦的乾魷魚條、放上芥末蘿蔔泥的朧豆腐[7]、搭配店家特製的醃漬小菜是小茄子、蘿蔔和紅蘿蔔。

這間店我還沒吃過不好吃的東西，店長甚至還會看天氣來增減醃漬小菜的鹽巴用量，每次吃起來都是鹹度恰到好處。

柿本先生吃著醃漬小茄子的時候，稍微睜大了眼睛。

「那個時候，是指接下角落美食小餐館的女性，留下嬰兒過世的時候嗎？」

田上太太問著，雖然是今天才問到的情報，她已經能夠輕鬆說出口了。

「嘖，怎麼會有連那種事情都記得的傢伙啊。」

「你知道美容院的皆川由佳子伯母嗎？是她跟我說的。」

7 豆漿加入鹽滷後凝固但沒有壓製成形的鬆軟豆腐。

「那個婆婆居然還沒臥床不起啊。」
柿本先生把朧豆腐放進嘴裡點點頭，繼續說下去。
「原本好像就是間讓人能吃到好東西的小餐館吧。我是不太清楚啦，我知道那裡的時候，是我——」
他一飲而盡杯中物，呻吟似的說下去。
「離開拳擊的時候。哎呀先前真的練習了很久，所以後來就只能到處晃蕩、無事可做。就是那陣子，我發現了一個奇怪的看板，叫做角落美食。」
那時候還沒有什麼「由外行人烹調，有時可能不怎麼好吃」這樣的附註。
那是當然的，雖然那對夫妻已經過世，但接下那間店的女性努力一手包辦了店家業務。
柿本先生愣在那裡，心想著這名字還真是奇怪啊，突然那位女性從裡面走出來，硬是把柿本先生拉進去。
「你肚子餓了對吧？」
那位女性露出大大的笑容。
「哎呀，我是覺得這人挺漂亮的啦。至少在拳擊的世界裡根本沒有那麼白皙的人。」

或許是有些醉意，也可能是因為在聊那位女性，柿本先生的語氣完全失去了平常的惡意。

「那時候小嬰兒的哭聲還小小聲的呢。店裡的客人大家都在安撫孩子。還真是奇怪的店家耶，跟早先感受到的那種奇怪不一樣就是了。但是端出來的東西真是好吃。雖然是以日式料理為主，不過只要客人點菜，她都能想辦法做出來。」

不知為何吃了以後就覺得有了力氣。就算明天依然失去拳擊，感覺還是有意義的，自己會這樣想真是奇妙。因此柿本先生也成了那間店的常客。

「但是大概過了兩年左右吧，就發現她得了癌症。」

「怎麼會這樣，孩子才正可愛的時候啊。」

「畢竟她是很年輕的母親，但是惡化速度好像也很快。她明明身體很痛苦，卻又說那樣對不起把店家讓給她的夫妻，所以每天晚上都還是進廚房。畢竟原本就都是些會幫忙照顧嬰兒的常客，所以後來大家也開始幫忙廚房裡的事情。」

據說那就是角落美食的原型。

「大概是因為角落美食這種名字感覺很寒酸，到那間店的幾乎都是些走投無路的人啊，就跟現在差不多。」

柿本先生擠出金子先生評論為澀柿的苦澀笑容。

「哎呀，畢竟都是那種人，所以大家真的雖然很不習慣，還是團結起來拚命想要幫助她呢。畢竟那裡可是自己難得的容身之處啊。」

她也為了回應大家，所以和女兒一直盡可能待在那間店到最後一刻。

「有天晚上不知道是不是大家剛好都忙，客人就只有我一個。那時候可能她有點鬆懈了吧，我第一次看到她哭。說沒辦法把自己身為母親的口味留在女兒的記憶中，她覺得很難過。說沒辦法教孩子生活的基本，真的很遺憾。」

實在希望她不要再哭了，為了幫她的忙，柿本先生絞盡腦汁。於是就像終於揮出決定性的一拳般，靈光就這樣閃過腦海。

「我就跟她說，那妳做個食譜筆記本，然後我們都來學。這樣妳女兒大了的時候，我們就可以把口味傳給她了。」

「柿本先生，想不到你不是個單純個性差的人呢。」

田上太太多少也有些醉意，感動地點點頭。

「閉嘴啦。反正啊，後來她就開始寫食譜筆記本了。為了將來有一天要把口味傳給女兒。還有為了讓女兒將來可以自己做出那個味道。」

就這樣，背後的目的是為了等待那女孩將來回到角落美食的那天繼承那本食譜，才會有ＮＰＯ法人角落美食的誕生。因為設立需要十名以上的成員，所以就請常客們幫忙。隨著時間過去，現在有些人只是單純掛名，也有人是父母傳承給孩子，連緣由都不知道就直接繼承登記的。總之就是想辦法讓那個地方以ＮＰＯ團體的形式一直存活著。

「是打算等到那個女兒十八歲的時候全部告訴她。當然還是會先問過她的親人啦。」

「哎呀，所以你知道那個女兒在哪裡囉。」

「只有地址啦，現在應該是高中一年級了吧，我都成了老頭子了。」

柿本先生的眼睛紅紅的，喝越多杯，他的面容就越來越像個純情青年。

——你一直單身，是因為那名女性嗎？

就算我這樣問，柿本先生大概也不會好好回答吧。

忽然想起另一件事情，連忙說起別的話題。

「這樣聽下來，一斗跟加奈倒是說對了呢。那本食譜筆記本的確是要傳給某個人的。」

「嗯啊的確是。」

「那麼，那張椅子呢？永久預約席那個。」

「那是——」

正當柿本先生開口要說話的時候，田上太太的手機響起。

「哎呀，我還以為是我老公，結果是奈央，等等喔。」

不知道她是哪時候和奈央交換聯絡方式的，匆忙接起電話的田上太太滿臉通紅，想必不是因為酒精。

「等、等，等等，我們現在就過去。在哪一站？啊這樣，在角落美食嗎？」

田上太太轉向我們。

「知道是誰做的椅子了。」

我深呼吸一口氣，進展如此快速，我的心情也有點追不上。

「這是怎麼回事？柿本先生你知道些什麼嗎？」
「不，我也不知道做那把椅子的工匠是誰啊。」
「總之奈央他們在角落美食等著，我們走吧。」
在她的催促下不知為何是我去結了帳，連忙趕向兩站外的角落美食。
這樣看來，我在小有更新部落格文章之前，恐怕是連喘口氣的機會都沒有。
不過這種時候真是令人感激不盡。

打開那熟悉的木格子拉門，幾乎平常的成員都到齊了。
「丸山先生、田上太太，還有柿本先生，快點、快點啦。」
奈央跑了過來。
一斗、純也，還有加奈，旁邊站的那沒見過的男性是誰呢？
和對方視線對上，他相當有禮地低下頭。
「我是澤渡，孫女平常受大家照顧了。」
「哎呀，那麼你就是加奈的外公囉。」
話雖如此，他和我的年紀看來應該相去不遠。

「是的、呃，嗯。」

澤渡先生的回答有些含糊。

「那個，大家，真的很對不起。我剛剛已經跟奈央他們說了，其實我的名字不叫加奈。一開始說了謊，後來就不知道怎麼跟大家說我的本名才好。其實我叫澤渡楓。」

加奈，也就是小楓拚了命地道歉。

「——這樣啊。」

「我孫女真是失禮了，實在非常抱歉。」

「對不起！」

「不會的，快把頭抬起來。畢竟都是些陌生人來這裡，小心點也是當然的啊。」

「承蒙您這麼說實在感激不盡——」

澤渡先生抬起頭來，小楓也跟著站直，似乎是終於放下心來鬆了口氣。

「是、澤渡、楓？」

我旁邊的柿本先生喃喃自語著，但是他的聲音非常小，幾乎只有我聽見。

而他的視線直盯著加奈，也就是小楓。

純也按捺不住地插嘴。

「然後啊，發現超厲害的事情喔。這張椅子跟桌子，就是爺爺做的。」

「澤渡先生嗎?!」

那麼就是身為孫女的小楓，豪不知情地就踏入了和外公相當有緣分的地方嗎？

「哎呀呀，這真是相當神奇的緣分呢。」

田上太太也相當驚訝地連聲哎呀呀感嘆著。

「這是我年輕時候不怎麼樣的作品，實在是丟臉。不知道是因為什麼緣分被放在這裡使用。不過能看見令我懷念的作品，還是挺高興的呢。」

這裡原先是小餐館，想來是經營店面的夫妻因為喜歡所以買下的吧。

「那是由佳小姐很喜歡、老坐在上頭的椅子。」

柿本先生開了口，這次的聲音倒是很大。

澤渡先生緩緩轉向柿本先生，張著嘴僵住了。似乎想說什麼，卻又完全說不出口。小楓也一臉錯愕地抬頭看著柿本先生。

「我一直不知道她為什麼那麼珍惜那張椅子。不過，就是因為，那是她爸做的椅子吧。」

柿本先生吸著鼻子說話，我在腦中默默反芻內容。

也就是說，打造出角落美食的女性，那位由佳小姐的父親就是眼前的澤渡先生囉。那麼他的孫女小楓，就是由佳小姐留下食譜要傳的那個女兒嗎？

好一會兒我也說不出話來。

「由佳小姐可能等不到小楓十八歲就把她叫來了吧。畢竟雖然看不出來，但她可是很急躁的呢。」

柿本先生的聲音溫暖而帶淚。

「由佳死前住的地方，就是這裡嗎？那孩子說什麼有必須要做的事情，不管我怎麼問就是不肯告訴我她在哪裡。大概覺得我會把她帶走吧。就連她被送到醫院去的時候，都還是不肯跟我說。」

澤渡先生環視著角落美食，身為父親，當初是不是還能為女兒多做些什麼呢？不，肯定有的。背負著後悔過下去的每一天，或許都在他的臉上刻劃出深深的皺紋。他緊閉雙唇的表情，不知何時變成了我自己的臉龐，壓在心口上。

「由佳小姐啊，說她不管怎麼樣都想把母親的口味傳給小楓。所以為了傳承自己的食譜，就打造了這裡，把那本食譜筆記本留下來。畢竟是做媽的嘛。留下那麼小的孩子，心裡應該真的很後悔。」

小楓像是跳起來似的衝進廚房，膽戰心驚地拿起食譜筆記本翻動。

「這個，是媽媽，給我的。」

「對。就算已經站不起身、好不容易才能握好筆，也為了讓妳比較容易看懂，拚了命寫得漂漂亮亮的。妳啊——原來妳就是那時候的小嬰兒啊。我第一次看到妳的時候，想說怎麼跟由佳小姐這麼像啊，真的是嚇了好大一跳啊。」

「我跟媽媽很像嗎？」

柿本先生的回答已經無法發出聲音。

小楓闔上食譜筆記本，輕輕抱在胸口。

「媽。」

聽見孫女的聲音，澤渡先生的肩膀也顫抖著。

我一直非常遲疑，我這種人實在不應該跟她扯上關係，不能露臉當然也不能報上姓名，一直都是這樣嚴厲警惕著我自己。

但那不過是逃避的藉口。

女兒沒辦法好好跟對象建立關係，是不是因為我這個做父親的沒有肩負好好對她灌注愛情的責任呢？對她──小有來說，她的生命中缺少那個無條件疼愛她的異性原型，也就是所謂父親的存在。這件事情是不是對她現在的戀愛造成了陰影呢。

我害怕直視自己的罪過，所以一直不肯把手伸出去。

在角落美食關懷小楓和奈央，藉此品嘗不需要負責任的監護人感受，不過是想含糊帶過自己的罪惡感。

小有，也就是有子，是我的女兒。

我打開電腦，連上部落格文章。

現在的妻子是我的再婚對象，當年前妻因為覺得和我在一起的日子實在太過無聊，所以帶著年紀幼小的女兒離開了。說是這樣下去，連女兒都會變成無聊的人。

當時我還年輕，為了讓地方更加富裕這種毫不現實的理想燃燒熱情，對於我來說，工作遠比家庭更重要。對她來說，我的確是個無聊至極的丈夫沒錯。

之後我好幾次試圖聯絡她，但妻子就是不肯讓我見女兒。

妻子是個喜歡豪華東西、生活上有些邋遢的人，可以預料到她應該過的也不是什麼值得別人誇獎的生活吧。她沒多久之後就再婚了，對方是不是有好好把有子當成自己的女兒疼愛呢？我想大概也不用多說了。

會發現有子的部落格真的是相當偶然，雖然前妻完全不讓我見女兒，不過還是每兩三年心情好的時候會傳個讓我知道女兒成長狀況的照片。所以我勉強能夠追上她容貌的變化。

我每天都在看那些跟有子年紀相近的女孩子的部落格，看看她們每天過日子都在想些什麼，用來填補我沒辦法和女兒聯絡的寂寞。

但是有一天，我偶然看見了這個毫無防備放上臉部照片的部落格，雖然眼角部分稍微有加工過，不過我馬上就看出來了，這肯定是我女兒。

或許是有人提醒她，沒多久之後那張照片就刪掉了。但我看一次就很明白了。

從小有的部落格上看來，前妻還是一樣過著相當隨心所欲的生活，完全沒辦法依賴她，反而是前妻還經常跑來依靠女兒。她與那個再婚對象也早就離婚，也可以窺見所謂男朋友之類的對象，三天兩頭就換人。

女兒的日子過得是有多不安呢，我實在應該要聯絡她才對。

和我這種只知道畏畏縮縮的父親相比，小楓的母親由佳小姐那幾乎可以說是執著的母愛該怎麼說才好呢。

總覺得她就算失去自己的性命，也要把愛傳達給小楓那種氣息，如今也用力推動著我。

在那之後我回到家裡，把所有事情都告訴妻子，結果被她痛罵一頓。再婚以來妻子這還是第一次這麼生氣。

不是因為我說想見女兒，而是因為女兒都發生這麼多事情了，我居然還沒去見她。

「你還呆站在這裡幹嘛，還不快去聯絡她。然後把她從那種施加暴力的男人身邊帶走，看是她要住旅館，還是有子不介意的話就來我們這裡，還不快去。」

「妳呀──」

「快去！」

我妻子的臉不知為何就像是位母親。

被趕出客廳、推進書房，我坐下來打開電腦螢幕。

我的心跳快到令我呼吸困難。

她會接受嗎？從來不曾試圖聯絡她的父親，事到如今才來找她。

我緩緩按下部落格旁邊的訊息按鈕。

就算女兒不接受，我也只能繼續傳訊息。無論如何都只能想辦法贖回那些已經溜走的時間。然後我想做義大利麵，做有子最喜歡的拿坡里義大利麵給她吃。一直到她吵著說「都吃膩啦」。

──給有子。

我緩緩輸入第一句話。

為了要稍微填補先前拉開的距離。我一邊在心中祈禱著，希望她今天吃了好吃的飯。

楓的食譜筆記本

東京すみっこごはん

爸做的椅子，就放在角落美食的牆邊。

是能夠守望這個地方的特別座。

就算我只剩下魂魄，如果能留在這裡，就坐在這椅子上看著大家吧。不對，我不能這麼奢求。只有中元節的期間也好，或者像七夕那樣，一年只有一次也好。真希望我能在這裡看著楓吃飯的樣子。

緩緩坐到椅子上，先前還覺得沉重的身體如今卻相當輕盈，然而還是稍微動一下都覺得很困難。

要把如今兩歲、身體已經長大的楓抱起來也很不容易。我每天晚上都好害怕這點力氣是不是今天就會消失、會不會明天就辦不到了。

更加膽怯的是，明天是否根本不會來臨。

從知道楓在我肚子裡的時候，一直到我平安生下她，我都覺得好害怕。每天生活都在祈禱，我還記得她活力十足從我肚子裡被生下來的時候，我最先感受到的就是鬆了一口氣。然後是能夠把我人生先前發生的所有事情都一把推開的強烈幸福感席捲而來。

我決定和這孩子一起努力，又像是被上天引導般發現了一家放有爸爸家具的小餐館——明明還是不久前的事情，現在我卻得擔心起自己的性命。

我的女兒還如此稚嫩。

其實我是用椅子材質幫孩子取名為楓，爸什麼時候會發現呢？

唉，爸，對不起。

或許我和楓能一起生活的時間如此之短，是因為我用那種方式丟下爸媽離家也不一定。

我根本不懂他們兩人的心情，也不曉得爸短短話語中有多少愛情，就只是不斷反抗。

一開始只是鬧脾氣，之後又覺得沒有臉回去。

但是為了這孩子，我那小小的自尊或者羞恥心都可以拋棄。我打算為了託付楓去見爸。

我已經請柿本先生幫忙把這裡變成ＮＰＯ法人。

接下來就只有食譜剩下的幾頁要寫完。

「馬麻、味湯湯！」

把玩具散落在角落美食地板上玩耍的楓，搖搖擺擺走了過來。

「好好，只能喝一點喔。」

女兒還連她最喜歡的味噌湯都說不好，但她口齒不清的樣子實在很可愛，所以我沒有糾正她，就讓她這樣說。

真希望我能跟她在一起至少到她能說好味噌湯這幾個字，真希望我能陪伴這孩子大到能做味噌湯就好了。

如果能夠和她一起站在廚房裡做飯，該有多麼幸福啊。可以聊聊女孩之間的話題，比方說問她喜歡的男孩子，然後一邊做著燉煮料理，該有多開心哪。會做出什麼口味的料理呢？

——但這些都無法實現。

我沒辦法去看教學參觀、不能和她一起去買東西、沒辦法聽她商量戀愛煩惱、更不可能等著她的男朋友來提親，還有照顧孫子，這些我全部、全部都做不到。

在這個世界上應該跟女兒分開比較好的母親，明明有那麼多，為什麼不是她們，偏偏是我。我怨恨上天、責怪自己，悔恨交加覺得自己好不中用，總在夜晚壓低聲音哭泣。沒有可以安慰我的胸懷，冷風從縫隙鑽進二樓房間讓這裡變得更加寒冷，實在是非常淒涼。那種時候，我就會用冰冷的指尖輕輕握住熟睡中楓的手。讓她稍微分給我一點那確實存在的體溫，我才終於回神。

我得活下去才行，我想起自己到最後一秒都還有身為人母必須做的事情。從柿本先生給了我靈感的第二天起，我就開始寫食譜筆記本。

就像是我站在廚房裡跟身旁的女兒講話那樣，哎呀妳看看，就說不是那樣、要這樣啊，就像是要偷偷告訴她小秘訣那樣，這樣女兒嫁人的時候，就算只有她自己也不會為難。

第一頁放的是楓最喜歡的味噌湯食譜。除此之外還有漢堡排、咖哩、豬肉馬鈴薯跟奶油可樂餅，都是我想讓她吃的東西。

為了讓楓將來可以工作也還是能夠自己煮飯，我盡可能把步驟簡化但多下工夫讓東西能夠美味。

因為太過堅持，有點擔心會不會變成多嘴的婆婆那種感覺的筆記本。不過我能留給女兒的就只有這一本食譜，對於我這也要說那也要念的事情，就睜隻眼閉隻眼吧。

我用僅剩的力量抱起蹣跚接近我的女兒，然後告訴她。

「楓，妳要好好吃飯。無論何時都要吃好吃的飯。只要能吃東西，總會有辦法的。」

楓在我懷裡呵呵笑著。

「味湯湯！」

「好、好。」

我的孩子，有如生命團塊。

將來想必會看到各式各樣的風景。

新鮮的空氣、樹木的氣息、風的氣味、人的溫暖。

知道這條命將要結束的時候我才終於明白，和這個世界在一起有多美好，這孩子將來也會了解吧。無論是什麼樣的風景，都美麗得無可取代。這件事情，這孩子將來有一天也會伴隨著痛苦而明白吧。

我想不管什麼樣的人，肯定都是為了體驗這個世界而出生的。

我每天眺望著越來越透明的景色，開始如此確信著。

只要好好吃東西，生命會越來越光輝。

這孩子生存的道路也會受到祝福，我想一定是往眩目不已的光輝之中延伸而去。

所以沒問題的，不會有問題的。

「馬麻～」

將臉靠到那圓滾滾的臉頰上，這個瞬間也在成長中的孩子，她肌膚的溫暖就這樣滾滾流向我。

國家圖書館出版品預行編目資料

東京角落美食：屬於今天的滋味／成田名璃子著；黃詩婷 譯.--初版.--臺北市：皇冠．2025.4
面；公分. --（皇冠叢書；第5218種）（大賞；181）
譯自：東京すみっこごはん

ISBN 978-957-33-4273-1(平裝)

861.57 114002791

皇冠叢書第5218種
大賞｜181

東京角落美食

屬於今天的滋味

東京すみっこごはん

作　　者—成田名璃子
譯　　者—黃詩婷
發 行 人—平　雲
出版發行—皇冠文化出版有限公司
台北市敦化北路120巷50號
電話◎02-27168888
郵撥帳號◎15261516號
皇冠出版社（香港）有限公司
香港銅鑼灣道180號百樂商業中心
19字樓1903室
電話◎2529-1778　傳真◎2527-0904
總 編 輯—許婷婷
責任編輯—黃雅群
內頁設計—李偉涵
行銷企劃—蕭采芹
著作完成日期—2015年
初版一刷日期—2025年4月

讀者服務傳真專線◎02-27150507
電腦編號◎506181
ISBN◎978-957-33-4273-1
Printed in Taiwan
本書定價◎新台幣380元/港幣127元